D0886040

Otages de la nature

DU MÊME AUTEUR

Romans jeunesse

La longue histoire de la petite vache, Saint-Lambert, Soulières éditeur, coll. «Ma petite vache a mal aux pattes», 2018.

Zazette, la chatte des Ouendats, Saint-Lambert, Soulières éditeur, coll. «Ma petite vache a mal aux pattes», 2015. Prix de la Toronto French School 2016 (catégorie enfants).

Les guerriers de l'eau, Ottawa, Éditions du Vermillon, 2012. Prix Françoise-Lepage 2013.

La première guerre de Toronto, Ottawa, Éditions David, 2010, coll. «14/18». Prix du livre d'enfant Trillium 2010.

Une tournée d'enfer, Ottawa, Centre franco-ontarien de ressources pédagogiques, coll. «QUAD9», n° 2, 2006.

Les mordus de la glace, Ottawa, Centre franco-ontarien de ressources pédagogiques, coll. «QUAD9», n° 1, 2006.

Fait à l'os !, avec collectif de jeunes auteurs, Regina, Éditions de la Nouvelle Plume, 2001.

Le pari des Maple Leafs, Montréal, Éditions Pierre Tisseyre, coll. «Conquêtes», n° 73, 1999.

Le prochain pas, Ottawa, Centre franco-ontarien de ressources pédagogiques, coll. «À nous deux», 1997.

Le secret de l'île Beausoleil, Montréal, Éditions Pierre Tisseyre, coll. «Conquêtes», n° 15, 1991. Prix Cécile-Rouleau de l'Association canadienne des éducateurs de langue française 1989.

Romans

Le sortilège de Louisbourg, Ottawa, Éditions David, 2014.

*L'eau de vie (*Uisge beatha*)*, Ottawa, Éditions David, 2008. Prix Émile-Ollivier 2009.

Les exilés, Ottawa, Le Nordir, coll. «Rémanence», 2003.

Les géniteurs, Ottawa, Le Nordir, coll. «Rémanence», 2001.

Daniel Marchildon

Otages de la nature

ROMAN

David

Catalogage avant publication de Bibliothèque et Archives Canada

Marchildon, Daniel, auteur
    Otages de la nature / Daniel Marchildon.

(14/18)
Publié en formats imprimé(s) et électronique(s).
ISBN 978-2-89597-605-9 (couverture souple). —
ISBN 978-2-89597-641-7 (PDF). — ISBN 978-2-89597-642-4 (EPUB)

    I. Titre. II. Collection : 14/18

PS8576.A6356O83 2018   jC843'.54   C2017-907533-0
                                         C2017-907534-9

L'auteur tient à remercier le Conseil des arts de l'Ontario pour son aide
financière lors de l'écriture de ce roman.

Les Éditions David remercient le Conseil des arts du Canada, le
Bureau des arts francophones du Conseil des arts de l'Ontario,
la Ville d'Ottawa et le gouvernement du Canada par l'entremise du
Fonds du livre du Canada.

Les Éditions David
335-B, rue Cumberland, Ottawa (Ontario) K1N 7J3
Téléphone : 613-695-3339 | Télécopieur : 613-695-3334
info@editionsdavid.com | www.editionsdavid.com

À Micheline, pour ses yeux,
perçants et empreints de douceur,
et pour son esprit, aussi ouvert
et magnifique que son cœur.

PARTIE I

Alex

CHAPITRE 1

Elle n'y croit pas plus que moi

Je ne sais pas si elle va tenir le coup. Dans sa tenue voyante de princesse autochtone, ma mère supporte mal l'attente. Le trac la ronge comme une maladie.

Des coulisses, j'essaye de compter les spectateurs assis par terre, devant la scène installée dans le parc de Rivière-Ahmic. Il doit bien y en avoir quelques centaines. Aux premiers rangs, je discerne des gens aux traits autochtones, mais aussi beaucoup de Blancs.

Au fond du parc, un groupe agite des pancartes avec des slogans.

MERCI FLEUR DE CHANTER
POUR LES DUNES

RIVIÈRE-AHMIC EST CONTRE
LA COUPE DE NOS ARBRES

Il FAUT PROTÉGER
L'ESPRIT DES SABLES

D'autres manifestants brandissent des affiches avec des messages contraires.

RIVIÈRE-AHMIC A BESOIN
DU DÉVELOPPEMENT DURABLE

COUPER LES ARBRES
PAS LES EMPLOIS

SAUVONS
NOTRE INDUSTRIE

— Est-ce que tu comprends cette histoire de dunes, toi ?

C'est bien ma mère, ça. Elle a accepté de venir chanter à un spectacle-bénéfice sans s'être renseignée sur la cause qui doit en bénéficier. Ça fait tellement longtemps qu'elle est montée sur les planches que je me demande si elle en est encore vraiment capable. Une tension flotte dans l'air et même le ciel gris, annonciateur de pluie, s'est mis de la partie.

Juste au moment où j'ouvre la bouche pour lui expliquer ce que j'ai pu glaner au sujet du conflit, le maître de cérémonie se rend au micro.

— Mesdames et messieurs, le Comité de défense de l'Esprit des sables est fier d'accueillir une fille d'ici, qui n'a pas besoin de présentation et qui a accepté de venir chanter pour sauver nos dunes. Accueillons chaleureusement Fleur Monague !

L'animateur recule et se met à applaudir. Tandis qu'il parlait, ma mère a retiré une petite flasque de sa poche et en a pris une longue rasade. Je la lui arrache des mains. Elle sourit, aspire une longue bouffée d'air, empoigne sa guitare et bondit vers le micro. Même si la scène n'est pas éclairée, Fleur rayonne. Je me surprends à envisager la possibilité que, contre toute attente, tout finisse par bien se passer.

Les applaudissements s'étirent quelques secondes encore. Ma mère étale son plus beau sourire pour la foule, son public, qu'elle retrouve après des années d'absence.

– *Megwich!* lance-t-elle. Je dois vous avouer que c'est le seul mot de ma langue que je connaisse encore.

Ce commentaire suscite de la déception sur les visages de certains spectateurs.

– Mais je suis très fière d'être de retour dans ma communauté, là où je suis née.

Au premier rang, je remarque une Aînée qui tient une plume de faucon pèlerin et, à ses côtés, une jolie fille qui doit avoir environ 17 ans, comme moi. Toutes deux fixent ma mère comme des dévotes en train de déterminer si l'apparition devant elles incarne une sainte ou une brebis égarée.

Les mains de ma mère caressent sa guitare. Angoissé, je murmure « Parle pas, maman, chante! » Pour conquérir cette foule, elle doit avoir recours à la chanson, pas à la parole. Si elle babille, elle s'embourbera. Ses textes ont toujours été beaucoup plus éloquents que ses discours.

Peut-être qu'elle m'a entendu car, sans rien dire de plus, elle entame sa composition la plus connue, celle qui a tourné à la radio... quand j'avais cinq ans.

Commencer fort s'avère un bon plan d'attaque. Quand elle arrive au refrain, le public séduit chante avec elle. J'avais oublié la qualité divine de sa voix, adorée par des milliers d'amateurs. La fille et l'Aînée du premier rang, les yeux fermés, vibrent d'extase.

La dernière note de la guitare de Fleur résonne dans l'air. Tout de suite après, le tumulte des applaudissements fait trembler la terre. L'énergie et l'amour de la foule embrasent ma mère qui répète *megwich* à quelques reprises.

Elle enchaîne avec un air un peu plus rythmé. Les spectateurs exultent et battent la mesure. Devenue magicienne, la chanteuse les a ensorcelés. Avant de passer à sa troisième pièce, Fleur prend une bonne gorgée d'eau de la bouteille à ses pieds. Elle se tourne vers moi pour m'envoyer un clin d'œil. Je lui souffle un bisou.

La fille du premier rang m'a vu faire. Nos regards se croisent. Si j'en trouve le courage, j'irai l'aborder à l'entracte.

— Quand j'étais petite, maman me disait que nous étions très chanceux de vivre ici, dans une si belle région.

Des cris enthousiastes lui donnent raison.

— La prochaine chanson, *La rivière*, j'aimerais la dédier à mes parents.

Elle est quand même une bête de scène rusée, ma mère. Elle qui n'a pas daigné remettre les pieds à Rivière-Ahmic depuis quinze ans, a trouvé les mots pour subjuguer son auditoire. Quoique... ce public qui accueille la fille prodigue était sans doute gagné d'avance.

La rivière aux eaux qui coulent, qui coulent
La rivière aux eaux folles qui me soûlent...

Elle entame le deuxième couplet avec force et entrain quand une voix rauque s'élève au fond du parc.

— C'est pas des paroles de chansons qui vont nous faire vivre ! Après son concert, elle va partir et nous, on sera toujours là, pris avec nos problèmes.

Je viens à bout de repérer le grand colon qui chahute en agitant une pancarte avec le slogan « FORESTERIE = GAGNE-PAIN ».

Une Autochtone du camp opposé riposte :

– Les dunes sont sacrées. Quand la compagnie les aura détruites et aura rasé la forêt, les jobs vont disparaître aussi.

Les deux groupes de manifestants s'énervent et s'injurient.

La rivière aux eaux qui coulent, qui coulent
La rivière aux eaux folles qui me soûlent...

Ma mère essaye d'ignorer le brouhaha, mais la situation se dégrade. Pourtant, tout près des manifestants, deux agents de la Police provinciale de l'Ontario sont debout, appuyés sur leur auto-patrouille noire et blanche. Ils n'interviennent pas, même quand le gueulard qui a tout commencé s'avance et bouscule la femme qui lui a donné la réplique. Un homme à l'allure hirsute se porte à sa défense en brandissant sa pancarte comme une arme. D'autres dans les deux camps l'imitent et les opposants s'échangent des coups.

Les deux policiers ne font toujours rien. Le bruit de la bagarre finit par attirer l'attention du reste des spectateurs. Décontenancée, Fleur ne sait plus sur quel pied danser et arrête de chanter. Il faudrait qu'elle exhorte les partisans à se calmer, qu'elle fasse un discours à la Mick Jagger, comme au concert d'Altamont en 1969. J'ai vu la séquence du film documentaire *Gimme Shelter*, où le chanteur des Rolling Stones arrête une bataille qui a éclaté devant la scène, en plein milieu d'un spectacle. Mais ma mère n'est pas Mick Jagger. Elle quitte tout simplement l'estrade sans rien dire.

Je me précipite à ses côtés et me rends compte qu'elle tremble, de rage ou de peur. Des spectateurs affluent vers les écolos pour les aider à chasser les fauteurs de trouble.

— Madame Monague, je peux vous parler ?

Fleur se retourne pour faire face à une femme dans la mi-vingtaine, un micro à la main, et à un cadreur qui la fixe à travers l'objectif de sa caméra.

— Je suis Roxanne Charpentier, de la télé locale. Comme vous le voyez, la question de l'exploitation forestière divise la communauté. Qu'est-ce qui vous a poussée à vous engager dans la lutte pour sauver l'Esprit des sables ?

Visiblement hébétée, la chanteuse dévisage la journaliste comme si elle venait de lui annoncer sa propre mort. J'aurais le goût de répondre à sa place. Il est encore temps de sauver les meubles. L'interruption de son spectacle n'est pas de sa faute. Elle pourrait dénoncer ceux qui l'ont saboté…

— Je… je ne sais pas. Je suis une artiste. Je ne fais pas de politique.

Elle met brusquement fin à l'entrevue en s'éloignant. En fait, elle fuit vers notre voiture. Je cours à sa suite.

— Brillant ça, maman. Tu leur as donné un super bon *sound bite* pour les nouvelles de six heures.

Quand je vois ses larmes, le regret m'assomme comme un coup de masse. Je suis vraiment cruel de lui tomber sur la tomate juste au moment où elle doit se sentir complètement démolie. En plus, mes récriminations ne font rien pour améliorer notre situation qui, encore une fois, dégringole de mal en pis.

— Fleur !

Je reconnais l'Aînée et la fille épatante qui l'accompagne. La femme place sa plume de faucon pèlerin dans la paume de ma mère et prononce des paroles en ojibwé tout en lui refermant la main. L'expression confuse de Fleur pousse la fille à venir à sa rescousse.

— Ma grand-mère dit que vous avez bien fait de revenir chez vous. Votre destin va se jouer ici maintenant.

Après quelques secondes, toujours sonnée et ébranlée, ma mère murmure *megwich* et reprend sa fuite vers l'automobile. Je présente des excuses à sa place.

— Je suis Alex, son fils. Vous comprendrez qu'elle est très affectée par ce qui vient de se passer.

La femme aux cheveux gris se présente.

— Je m'appelle Suzanne.

— Et moi, Danika Copegog.

Je reste silencieux, fondant sous son regard adorable. Au bout d'un moment, Suzanne me fait un signe de tête en direction de ma mère. Elle a raison, Fleur a besoin de moi. Même si je suis bête, je suis tout ce qu'il lui reste.

Je leur dis au revoir. J'aimerais bien, en effet, revoir Danika, mais je sais qu'après ce désastre, ma mère va vouloir déguerpir au plus vite. Ces histoires de destin, elle n'y croit pas plus que moi.

CHAPITRE 2

La larme sur sa joue

J'ai les mains crispées sur le volant de notre vieille Yaris, qui peut nous lâcher n'importe quand. En plus, je crains que ma mère, abattue par ce nouvel échec, ne noie sa peine dans l'alcool. Ensuite, c'est moi qui aurais de la peine. Je sais que je devrais être gentil avec elle. Mais, au moment où nous passons devant l'enseigne de Rivière-Ahmic qui dit « Au revoir et à la prochaine », fidèle à moi-même et incapable de me retenir, je lui assène une autre dose de *tough love*.

— À la prochaine ! Y a pas grand-chance qu'ils t'invitent de nouveau...

Une seule chose me débobine plus que quand ma mère me répond du tac au tac, c'est quand elle ne réagit pas. Dans ces cas-là, aveuglé par ma rage, je fonce à mes risques et périls. Je hausse le ton.

— Je peux pas croire que t'as accepté cette *gig* sans comprendre que c'était un spectacle-bénéfice pour sauver des arbres et des dunes.

Quand ma colère augmente, mes habiletés de chauffeur diminuent. Tout en sermonnant ma mère, j'ai détourné mon attention de la route. C'est assez pour me faire rater un virage. Les deux roues du côté droit s'enfoncent dans le gravier de l'accotement. « Maudits chemins étroits et mal entretenus du Nord ! » Je me débats contre le volant. De justesse, je réussis à maîtriser la voiture et à la ramener sur la chaussée.

— Garde tes yeux sur la route ! s'écrie ma mère.

J'ai failli nous tuer, mais au moins je l'ai sortie de sa torpeur. Pendant quelques secondes, je me concentre pleinement sur la conduite. Quand je reviens à la charge, c'est en empruntant la voie douce.

— Je veux juste comprendre pourquoi t'as voulu donner ce concert. Rien ne t'obligeait à le faire. En plus, monter jusqu'ici, c'est beaucoup de route.

Elle pousse un long soupir. Mon expérience me dit que l'explication risque d'être longue aussi. Pas grave. On a plus de mille kilomètres devant nous, à regarder des roches et des épinettes.

— Je m'étais dit que jouer ici, devant un public gagné d'avance, dans le patelin de mes parents, ça serait une bonne manière de remonter en selle.

Je manque souvent de bonnes occasions de me taire. Surtout quand je cède à mon penchant sarcastique.

— Oh ! Aujourd'hui, t'as vraiment fait un beau retour, en quittant l'estrade en plein milieu de ta troisième chanson.

— Qu'est-ce tu voulais que...

Un bruit aussi assourdissant qu'apeurant lui coupe le sifflet. C'est le moteur. J'ai juste le temps d'immobiliser le vieux bazou sur l'accotement avant qu'il pousse un râle mourant.

Le silence subit me paraît encore plus inquiétant que le dernier soupir mécanique qui l'a précédé. J'enlève la clé et nous descendons de la voiture. Je jette un coup d'œil vers le ciel. Ça sent encore plus la pluie que tout à l'heure.

— O.K., monsieur l'ingénieur, j'espère que tu vas être capable de réparer ça.

C'est au tour de ma mère de mordre. Voilà six mois, quand je lui ai annoncé mon intention de faire des études en génie civil, elle a ri de moi. C'est vrai que je suis paresseux sur les bords et que mes notes ne laissent pas présager un avenir universitaire brillant.

Je soulève le capot et je recule en toussant devant le nuage de fumée noire qui m'assaille.

— Même un ingénieur ne peut pas accomplir de miracle. Ça nous prendrait un shaman.

— Très drôle.

Elle n'apprécie pas que je me moque de mes origines autochtones. Pourtant, c'est surtout sa faute si je ne connais rien de sa culture. Mon père était Franco-Ontarien et, même depuis sa mort voilà cinq ans, elle ne me parle pas davantage de son peuple, les Anishnabés. C'est vrai qu'elle est partie d'ici très jeune et qu'elle y est rarement revenue.

Elle agite son téléphone dans les airs.

— Pas de signal!

— Ah! Les joies du nord de l'Ontario.

Malgré mon ton désinvolte, je me demande bien ce qu'on va faire. J'avance une idée.

— Essayons d'arrêter quelqu'un.

Justement, un camion s'en vient, donc je me précipite au bord du chemin en levant le pouce. Le bolide ralentit à peine et me laisse dans un tourbillon de saleté et d'effluves de diesel qui me pénètrent dans la gorge. Ma mère s'approche en riant.

— T'as pas la bonne technique.

Une minute après, un véhicule utilitaire sport se pointe. Elle replace ses cheveux et se dresse de façon à accentuer ses rondeurs.

— Tu peux pas toujours régler tes problèmes en faisant la catin !

C'est sorti malgré moi. Sans arrêter de fixer la belle bagnole, elle riposte.

— Ça marchait avec ton père !

À mon grand étonnement, le VUS se tire juste devant notre Yaris. Un grand monsieur aux cheveux très courts en descend.

— Vous êtes en panne ?

La bouche fendue jusqu'aux oreilles, Fleur s'avance vers le samaritain destiné à devenir notre sauveur.

— Pouvez-vous nous emmener au garage le plus proche ?

Le monsieur, probablement dans la quarantaine comme ma mère, jette un coup d'œil sur notre épave encore fumante.

— Elle n'est pas heureuse…

J'ai le goût de lui dire qu'on sait déjà ça, mais je me mords la langue pour lui demander plutôt s'il peut nous aider. Il me dévisage avant de s'adresser à ma mère.

— Il y a une pourvoirie tout près. Je pourrais vous y déposer pour passer la nuit.

— Et notre char ?

Ma question suscite une réponse qui se veut rassurante.

— Après vous avoir laissés là, je me rendrai voir Gus au garage, en ville. C'est un génie avec les autos. Je suis sûr qu'il pourra vous aider.

— Super! s'exclame ma mère. Vous êtes bien gentil.

Elle me fait signe.

— On va chercher nos affaires.

Je lui emboîte le pas jusqu'au coffre de notre voiture. Elle hésite en regardant son étui de guitare, sur lequel repose la plume que lui a offerte la vieille femme tout à l'heure. Finalement, elle avance la main.

Soudain, un coup de vent soulève la plume. Fleur, le monsieur et moi la voyons s'envoler loin dans les airs pour ensuite disparaître.

— Je vais prendre ça. Je m'appelle Chuck.

Il ramasse le sac et la guitare de Fleur. En marchant jusqu'à son rutilant VUS Cherokee, on se présente à notre tour. Une fois nos bagages rangés derrière, ma mère se dirige vers la portière du passager. Je me faufile devant elle pour occuper la place à côté du chauffeur. Elle hausse les épaules et monte sur la banquette arrière.

On démarre et Chuck nous apprend qu'il dirige les opérations forestières locales de l'entreprise Ontario Forestry ou OntFor. Je saisis que c'est la compagnie que combattent les organisateurs du spectacle-bénéfice. Néanmoins, Chuck cause amicalement avec ma mère sans arrêter de la zieuter dans le rétroviseur.

— C'est pas tous les jours que je peux rendre service à une vedette de la chanson, Fleur.

Je me retourne pour voir la réaction de ma mère. Elle rougit. Je n'ai jamais essayé la flatterie avec elle. Peut-être que ça donnerait de meilleurs résultats.

— J'ai tous tes CD, s'emballe Chuck en insérant un disque dans le lecteur.

La musique se met à jouer. La chanson, celle qui a lancé le concert avorté, est vraiment magnifique. J'observe Chuck et ensuite ma mère. Ils sont visiblement touchés. Lui sourit, tandis que Fleur affiche un air triste.

— J'aurais voulu assister à ton spectacle, mais je voulais pas provoquer les fous qui se battent contre nous.

— C'est plutôt l'inverse qui s'est produit. Les manifestants en faveur de la coupe des arbres ont attaqué les écolos.

J'ai lâché ça sur un ton sans réplique. Et justement, Chuck ne réplique pas. La voix de ma mère qui chante remplit le véhicule. Je me mets, malgré moi, à fredonner.

— C'est vraiment une chanson extraordinaire !

Il a raison. Beaucoup de temps s'est écoulé depuis la dernière fois où ma mère a même essayé d'écrire une chanson aussi belle, ou une chanson tout court. Vient-elle de deviner à quoi je pense ? C'est l'explication que je trouve à la larme sur sa joue.

CHAPITRE 3

Pourvu que l'intérieur du chalet soit moins rustique

— C'est quoi cette place ?

— La pourvoirie L'écho vert.

J'étudie le sourire de Chuck. Me niaise-t-il ?
Le VUS vient de remonter une allée menant à une
grande cabane en bois rond tout droit sortie d'un
décor de film western.

— C'est ici que tu nous proposes de rester ?

Ma mère a posé la question sur un ton aussi
angoissé qu'incrédule.

— Vous verrez, l'endroit est très sympathique.

Au moment où Chuck gare son véhicule devant
ce qui semble être l'entrée principale, la porte
s'ouvre brusquement et un homme fâché, aux cheveux en bataille, sort sur le perron.

— David Leblanc, le propriétaire, est sympathique lui aussi. Juste pas à mon égard.

Chuck descend de la voiture et l'autre l'affronte,
tremblant de rage.

— Qu'est-ce que tu viens faire ici ? Je t'interdis
de…

— Les nerfs, David. Je t'amène des clients.

Il gesticule vers moi et ma mère. Interprétant ça comme une invitation à se présenter, Fleur ouvre la portière.

— Bonjour. Chuck nous a dit que mon fils, Alex, et moi pourrions loger chez vous.

Je descends à mon tour. Subitement dérouté, David nous détaille de la tête aux pieds. Il reconnaît ma mère et s'avance pour lui serrer la main.

— Oui, oui, bien sûr, Fleur. Ça sera un honneur pour ma pourvoirie de vous recevoir.

Tout à coup, je le reconnais moi aussi. Il était au spectacle parmi les manifestants contre l'exploitation forestière, le premier à défendre la femme agressée. Là, je comprends pourquoi Chuck incarne le diable en personne pour lui. Son sourire un peu niais trahit son admiration pour ma mère. Je me présente en expliquant notre problème.

— Vous pourrez rester le temps qu'il faudra.

Obnubilé par Fleur, David a oublié la présence de Chuck qui en a profité pour ouvrir le hayon et en retirer nos bagages.

— Alors, je vais vous laisser et aller voir Gus.

Ma mère griffonne son numéro de téléphone sur un papier qu'elle passe à notre sauveur.

— Mille mercis. Tu m'appelleras dès que tu auras des nouvelles ?

Chuck fait oui de la tête et monte dans sa voiture. Il veut déguerpir avant que le charme de ma mère perde son effet sur David. Le véhicule disparaît au bout de l'entrée.

— Vous l'aimez pas trop, Chuck, hein ?

Ma question pousse David à donner libre cours à son dégoût.

— Tu peux me tutoyer, Alex. Chuck et sa maudite compagnie veulent me forcer à partir. Ma pourvoirie leur bloque l'accès à la zone où ils veulent couper.

— Tu fais partie du groupe qui veut sauver les dunes ?

Je suis content de voir que ma mère commence à saisir la dynamique à Rivière-Ahmic.

— Oui, et je suis ravi que vous soyez venue chanter pour nous, même si ces imbéciles ont perturbé votre spectacle.

Ma mère propose à David de la tutoyer et, ensuite, ajoute naïvement :

— Il doit y avoir un compromis possible avec OntFor. Chuck a l'air d'un homme avec qui on peut discuter.

— Vous… Tu ne le connais pas, ce serpent. Il pense que tout s'achète, même ma pourvoirie.

— OntFor t'a offert de l'argent ?

J'aurais dû masquer mon étonnement. À première vue, la baraque de David n'a pas l'air d'une propriété qui vaut très cher.

— Beaucoup même, reconnaît David en prenant le sac de Fleur. Mais cet endroit est unique au monde. Je ne vendrais pas, même pour des millions.

Un silence inconfortable s'installe jusqu'à ce que ma mère dise :

— En tout cas, on est reconnaissant de profiter de ton hospitalité. J'espère qu'on ne te dérangera pas trop longtemps.

David paraît presque offusqué.

— Je serai très heureux de vous recevoir aussi longtemps que vous voudrez rester. Les clients ne sont pas très nombreux de ce temps-là.

Soudain, la pluie qui menaçait depuis des heures se met à tomber en trombes. Nous avons juste le temps de nous faufiler dans la porte encore ouverte pour éviter le déluge.

Pourvu que l'intérieur du chalet soit moins rustique que l'extérieur.

CHAPITRE 4

Et si la chance me souriait, pour une fois

La vue imprenable du lac à travers l'énorme baie vitrée me coupe le souffle. Même s'il pleut, l'eau et la verdure qui l'enlace sont de toute beauté. Quelques fauteuils et un divan sont placés juste devant cette fenêtre panoramique semblable à un écran de cinéma où l'on projetterait un film sur la nature.

J'échange un regard avec ma mère, qui s'extasie devant le paysage magnifique.

– C'est plus beau au soleil, s'excuse David. À ce temps-ci de l'année, on peut le voir se coucher à partir du bout du quai.

Je parviens à décoller mes yeux du lac pour examiner la pièce spacieuse. Les murs en rondins sont recouverts de photos, en général de gens souriants, sans doute des visiteurs à la pourvoirie. Je remarque aussi quelques cartes topographiques. D'un côté, une grande salle à manger mène à la cuisine et de l'autre, un corridor donne sans doute sur les chambres à coucher. Dans un coin se dressent deux bicyclettes stationnaires.

— Les clients de la ville peuvent pas se passer de leurs équipements de gym ?

David se met à rire.

— Je m'en sers plus qu'eux. Ce sont des génératrices.

Notre hôte nous explique que ces vélos adaptés produisent de l'électricité. En pédalant, on alimente une pile rechargeable.

— Avec ça, mes panneaux solaires sur le toit et mes éoliennes, je produis assez d'électricité pour être autosuffisant et débranché du réseau.

Impressionné, je m'approche d'un des vélos.

— Je m'intéresse beaucoup aux énergies alternatives. J'ai déjà lu à propos de trucs comme ça.

David offre de m'en montrer d'autres. Ma mère demande alors où nous allons dormir. Notre hôte s'avance dans le corridor, ouvre la porte de la première chambre et m'invite à m'y installer. Fleur le suit jusqu'à la chambre voisine.

Je m'étends sur le lit. Ferme, mais confortable. En face, je peux voir le lac d'un autre angle. J'entends ma mère s'exclamer : « C'est féerique ! »

David lui demande si elle a faim. Sa réponse me ravit, car j'ai un petit creux. Notre hôte part en direction de la cuisine pour nous préparer un repas.

Je rejoins ma mère dans sa chambre qui, comme la mienne, a une fenêtre donnant sur le lac.

— Finalement, on n'est peut-être pas tombés si mal.

— Oui, mais j'ai peur que ça soit trop cher.

Sans le savoir, elle n'a jamais dit aussi vrai. Cependant, ce n'est pas en dollars que notre séjour à L'écho vert va s'avérer coûteux. C'est un tout autre prix que nous allons finir par payer.

Quelques heures plus tard, la pluie cesse et les nuages s'écartent pour laisser passer le soleil. David ne nous a pas menti : au bout du quai, nous profitons du spectacle de l'astre qui s'enfonce dans l'eau avant de disparaître. L'intensité de la lumière et la variété des reflets me laissent pantois. Puis, tranquillement, la nuit et les étoiles prennent la relève.

David propose de faire un feu dans l'âtre aménagé devant la cabane. Fleur s'excite. Je la taquine.

— T'as pas peur que tes vêtements sentent la boucane ?

David s'empresse d'assurer qu'il est tout équipé pour faire la lessive. J'ai le goût d'être seul et de faire le bilan de cette journée mouvementée, alors je les laisse devant le feu. Malgré l'état inquiétant de notre voiture, la tournure des évènements n'a pas aggravé le désarroi de ma mère. Tout à l'heure, elle a accepté un verre de vin de David, pas plus.

Au moins, on a accès à un réseau et je peux vérifier mes courriels et mes textos. J'écris quelques messages à des copains. Je leur parle de la panne de voiture, mais je donne des réponses évasives à leurs questions au sujet du spectacle.

L'image de Danika finit par se glisser dans mes pensées. Notre rencontre s'est passée trop vite. J'aurais bien voulu lui parler un peu et même prendre sa photo avec mon téléphone. Je fais des recherches en ligne en tapant son nom et Rivière-Ahmic. Un lien m'amène à l'école secondaire locale. Je tombe sur sa photo avec les membres du conseil des élèves. Je finis par découvrir sur YouTube un reportage de la journaliste qui a abordé ma mère. Elle interviewe Danika, porte-parole d'un groupe de jeunes qui militent pour sauver les dunes.

— La nature autour de l'Esprit des sables est importante pour notre environnement, mais aussi pour notre culture et pour l'avenir des gens de la communauté.

Sa voix et ses propos me font de l'effet ; elle a bien de l'allure, cette fille engagée et sûre d'elle. Tout le contraire de moi.

Mon téléphone est mort. Je retourne dehors où l'obscurité du Nord me surprend. Pas de pollution de lumière. Et les étoiles ! J'en ai jamais tant vu. Des milliards de picots lumineux scintillent dans le ciel complètement dégagé. Je prends la direction du quai dans l'espoir d'apercevoir des étoiles filantes. Sans faire de bruit, je passe près du feu dont la lueur me permet de distinguer les silhouettes de David et de Fleur. Ils font face aux flammes, donc ils ne peuvent pas me voir. Je m'arrête un moment.

— Ça n'a pas toujours été facile avec Alex. Il était jeune quand son père est mort.

Voilà que ma mère fait des confidences à un homme qu'elle vient à peine de rencontrer. Pourtant, elle parle posément, d'une voix claire et calme, pas comme si elle avait un verre dans le nez.

— Je travaillais beaucoup à l'époque. Une tournée n'attendait pas l'autre. Je n'ai pas toujours été là pour lui.

Je ne veux pas entendre le reste. De toute façon, pour moi, ces révélations sont de la vieille nouvelle. Discrètement, je poursuis ma route pour me rendre jusqu'au bout du quai où je me couche sur le dos. J'ai un peu froid, mais le spectacle en vaut la peine. Soudain, une traînée lumineuse mirobolante fend le ciel. Une étoile filante! Malgré moi, je fais un souhait. Après tout, pourquoi pas? Ça ne coûte rien. Et si la chance me souriait, pour une fois!

CHAPITRE 5

Pas du tout sûr que ce soit une bonne affaire

— T'as qu'à pédaler si tu veux surfer.

David pointe l'index vers les vélos stationnaires. Je me rends compte qu'il est sérieux. Pour charger les piles de mon téléphone et de ma tablette, je devrai utiliser mes jambes.

— J'espère que tu vas soustraire ça de notre facture, dis-je en posant mes pieds sur le pédalier.

— Tu auras droit à une portion de plus de sirop d'érable pour dessert, me répond David.

Je me mets à rouler. En fait, j'ai toujours aimé la bicyclette. De plus, l'absence de côtes et la vue du lac rendent la randonnée facile et plaisante. Ma mère, café à la main, arrive peu après.

— T'es déjà à moitié chemin, m'encourage-t-elle. Je vais brancher mon téléphone.

Le voyant du chargeur confirme qu'elle a raison. J'ouvre la bouche pour m'y opposer, mais je me ravise. Je me sens d'attaque, alors pourquoi pas lui faire plaisir? Je pourrai charger mes appareils après. De toute façon, tant qu'on reste sans voiture, je n'ai que ça à faire.

Fleur s'étire. La douceur de ses traits ce matin témoigne d'une bonne nuit de sommeil. J'ai dormi comme une bûche moi aussi. La tranquillité nous a fait le plus grand bien. Tout à l'heure, j'irai prendre des photos pour montrer les lieux à mes amis en ville.

Les fenêtres ouvertes laissent filtrer le chuchotement du vent dans les arbres et le clapotis de la vague sur le lac. Le pédalier est très silencieux. Générer de l'électricité pour ma consommation personnelle m'inspire une espèce de fierté, mêlée à un sentiment de puissance.

Ma mère termine son café et m'annonce qu'elle va aller se promener. Je poursuis ma route sans bouger. Pendant quelques minutes, j'accélère en rêvassant d'être un coureur engagé à fond dans la dernière étape du Tour de France…

— C'est bon, mon homme. La pile est à cent pour cent. Si ça te chante, je vais te montrer quelques-uns de mes autres bidules.

La voix de David me tire de mon fantasme. La sueur dégouline à grosses gouttes sur mon front. Je pédale depuis combien de temps ? L'heure qui vient de passer a été plutôt méditative. Je débranche le téléphone de ma mère pour mettre les fils de ma tablette et de mon téléphone dans les prises.

— Oui, un petit coup d'eau et je te suis.

À la cuisine, je remplis un grand verre au robinet. L'eau vient directement du puits et a très bon goût, pas la moindre trace de chlore.

Dehors, David m'amène de l'autre côté de la pourvoirie où je découvre trois petites éoliennes. Il m'indique la seule aux hélices immobiles.

— Si le moteur de mon numéro trois n'était pas en panne, t'aurais probablement pu te passer de ton tour en vélo. Je viens pas à bout de régler le problème.

Si ma mère et moi finissons par rester plus qu'un soir, j'y jetterai peut-être un coup d'œil. On ne sait jamais...

De retour à la résidence, nous montons dans une échelle qui donne accès au toit.

— Wow! Des panneaux Axipower. T'es à la fine pointe de la technologie.

— Monsieur Alex s'y connaît un peu. Ils coûtent très cher, mais ils sont d'une grande efficacité.

David indique le nord de sa main.

— On peut presque voir les dunes d'ici.

Encore une vue mirifique du lac! Je me retourne vers le sud. De ce côté, je distingue le chemin qui donne accès au terrain où ma mère se promène. Je pousse un cri pour attirer son attention.

Elle me repère et me répond par un signe de la main. Soudain, le VUS de Chuck arrive à ses côtés et ma mère y monte. Mon regard croise la mine subitement renfrognée de David. Sans mot dire, nous redescendons du toit. Mes pieds touchent le sol juste comme la voiture se stationne.

— Chuck a de bonnes et de mauvaises nouvelles, annonce ma mère.

— Gus peut réparer votre Yaris, claironne-t-il joyeusement.

— Le hic, c'est qu'il a besoin de commander une pièce pour le moteur et la livraison pourrait prendre quelques jours.

J'ai de la difficulté à discerner si ma mère est déçue ou soulagée. Or, en évaluant rapidement les conséquences de la situation, je comprends mieux son état équivoque.

— Alors, nous allons devoir rester ici pendant quelque temps ?

David répond à la place de ma mère.

— Il n'y a pas de problème.

Cependant, il y en a un, un gros en plus. Si Fleur ne le soulève pas, je vais devoir le faire et ça me gêne. Heureusement, elle en prend la responsabilité.

— C'est que... la pièce pour le moteur va être coûteuse. Même avec ma carte de crédit...

Elle n'a pas besoin d'achever sa phrase. Tout le monde comprend très bien : nous sommes sans le sou.

— Je pourrai t'avancer l'argent qu'il te faut, la rassure Chuck, magnanime.

Ma mère lui fait les beaux yeux, comme une rescapée d'un naufrage.

— Pas besoin de ton sale fric ! On s'arrangera très bien sans toi. Alex, si tu veux travailler pour moi en échange de votre pension, vous pourrez rester le temps qu'il faudra.

Le ton cassant chasse le sourire du visage de Chuck. Ma mère se précipite vers David et l'embrasse sur la joue. Chuck semble reconnaître sa défaite, même si, en vérité, il n'a rien perdu.

— C'est beau, déclare-t-il en remontant dans sa voiture. Je repasserai demain avec mes CD, d'accord ?

— Il veut que j'autographie mes disques, m'explique ma mère en agitant la main en direction du VUS. Il a toute la collection.

Je me tourne vers David.

— Alors, je commence par quoi ?

— J'ai bien du bois à fendre.

J'emboîte le pas à mon nouveau patron en redoutant le pire. Je n'ai jamais manié la hache de ma vie. J'espère que ce ne sera ni trop exigeant ni trop dangereux.

*　*
*

— Je vais vous montrer.

David nous prie de passer au salon. Ma mère se lève allègrement. Pour moi, c'est de l'effort. Pas parce que j'ai abusé du bon souper que David et elle ont préparé, mais parce que j'ai mal aux os. Ceux du dos, ceux des mains... Bref, partout. J'ai fendu du bois tout l'après-midi et mon corps s'en ressent.

Notre hôte s'arrête devant une carte topographique accrochée au mur.

— Nous sommes ici, dit-il en plaçant son doigt sur un point précis. Le lac des Dunes s'étend vers le nord. Sur la rive opposée se trouve l'Esprit des sables.

— En fait, je n'y suis jamais allée, avoue honteusement Fleur, d'une voix tout juste audible.

— Tu as le temps maintenant.

Quelque chose me trouble dans le regard que viennent d'échanger ma mère et David. J'essaye de nous ramener au but de l'exposé.

— Puis, les chantiers de coupe?

— Comme je vous l'expliquais tantôt, OntFor a presque fini de couper tous les arbres de la région qui se trouvent à l'intérieur des zones délimitées par son permis d'exploitation. Elle a obtenu l'autorisation d'exploiter la forêt sur les terres de la Couronne à l'est et à l'ouest du lac, à condition de laisser une zone tampon d'un kilomètre entre la nappe d'eau et ses chantiers. Aussi, elle doit s'engager à reboiser le secteur.

– Alors où est le problème ?

La peau râpée de mes mains brûle d'une douleur qui épuise ma patience.

– Dans la géographie, c'est-à-dire les hauteurs au sud de mon terrain et au nord des dunes. La seule façon pour OntFor de rentabiliser son projet, c'est d'obtenir un accès direct à la forêt du côté ouest du lac, en passant soit à travers les dunes, au nord, soit par ma pourvoirie au sud, ou mieux encore, les deux. Sans cet accès, OntFor menace de quitter la région en emportant ses emplois avec elle.

Maintenant, je comprends pourquoi la compagnie a fait une offre d'achat si généreuse à David.

– D'une façon ou d'une autre, tu vas finir perdant.

Le constat de ma mère ne me paraît pas tout à fait juste. Si David ne vend pas et OntFor exploite la forêt à sa porte, c'est vrai que seuls les bûcherons auront intérêt à venir dans le coin. Par contre, s'il vend…

– J'ai passé toute ma vie à chercher cet endroit. Maintenant que je l'ai enfin trouvé, je ne le quitterai pas. Quand vous aurez vu les dunes, vous comprendrez.

L'émotion de David est à fleur de peau. Ma mère pose la main sur son bras. Elle qui, toute jeune, a fui ce lieu, sympathise maintenant avec celui qui s'y est réfugié.

– Ma demande de moratoire sur la coupe du bois représente mon dernier recours.

Notre hôte vante alors les mérites de l'avocat qui lui a offert ses services gratuitement, dans une cause d'intérêt public, pour déposer une requête en cour provinciale visant à bloquer le projet d'exploitation forestière. Selon David, les études d'impact sur l'environnement ont été bâclées et probablement même faussées. Il nous révèle que l'achat du terrain et la construction de son lieu de rêve lui ont coûté cher. Par conséquent, son paradis est lourdement hypothéqué.

Il a l'air au bord des larmes. J'essaye de comprendre. Toutefois, un citadin comme moi, qui n'a connu que la ville, peut difficilement imaginer un sentiment d'attachement si viscéral à un lieu, à une terre.

— On va s'occuper de la vaisselle.

J'accompagne ma mère à la cuisine. Tremper mes paumes couvertes d'ampoules dans de l'eau chaude leur fera peut-être du bien.

Je me permets un dernier regard sur la carte au mur. Rien que des lignes sur du papier! Je m'installe devant l'évier et la fenêtre. Avant de me coucher, j'irai à nouveau admirer les étoiles au bout du quai.

Après seulement deux jours, je dois reconnaître que le lac des Dunes commence à influencer mon optique. Et je ne suis pas du tout sûr que ce soit une bonne affaire.

CHAPITRE 6

Il n'y aura jamais notre photo
sur le mur du salon

— Ça, on pourra pas le réparer.

David ramasse le cadavre d'une mésange au pied de l'éolienne numéro trois. Délicatement, il le pose par terre à quelques mètres de la tour.

— Ça arrive souvent que les oiseaux frappent les hélices ?

— Heureusement, non. Mais, chaque fois, c'en est une de trop.

Nous examinons le moteur en panne. Ce matin, je suis allé voir un site Internet qui décrit le fonctionnement de ce modèle. David m'a laissé imprimer un diagramme. Une fois le carter du moteur retiré, on voit clairement les pièces. Rapidement, je trouve celle que je cherche.

— Cet élément assure le niveau de tension du mécanisme et empêche l'hélice de tourner trop vite. Passe-moi une clé à molette.

David me tend l'outil et je l'utilise pour serrer un boulon sur le point de tomber. Impressionné, il m'avoue n'avoir pas cherché le problème de ce côté-là.

— À la longue, la vibration de l'hélice peut finir par dérégler cet ajustement.

Une dizaine de minutes suffisent pour terminer la réparation et redémarrer l'éolienne que la brise fraîche se met à faire tourner. David pousse un cri de joie et me tape dans la main. J'ai hâte de raconter mon exploit à ma mère.

— Je vais enterrer l'oiseau.

David creuse un petit trou où il ensevelit la mésange infortunée. Quelques oiseaux dans les parages offrent une oraison funèbre.

— Un geai gris, un cardinal et une tourterelle triste.

À mon tour d'être impressionné par le talent de David pour distinguer les chants d'oiseaux.

— Avec toute la faune qu'il y a autour d'ici, tu dois recevoir bien des chasseurs.

— Non. Mais ils viennent ailleurs dans la région.

— Toi, t'en fais pas de chasse ?

À ma grande surprise, ma question l'embarrasse.

— Je suis contre quand c'est juste pour le sport. Mais j'en ai déjà fait. Et de la trappe aussi. J'ai même encore des pièges quelque part au fond de ma remise.

— Et un fusil ?

— Oui, j'ai une carabine que je garde pour apeurer les ours. Mais ça doit faire au moins un an que je n'y ai pas touché.

— Est-ce que tu pourrais me montrer comment tirer ?

Ma deuxième question déroute David encore plus que la première. Il sourit et secoue la tête.

— Pas besoin d'ajouter ça à tes connaissances qui sont déjà vastes et plus utiles.

Sans rien ajouter, il me laisse. J'ai l'impression d'avoir touché, bien malgré moi, une zone sensible. Je regarde tourner l'hélice de l'éolienne numéro trois. David a peut-être raison.

Je retourne au chalet pour me vanter auprès de Fleur. Or, à l'intérieur, il n'y a personne. Par la fenêtre du salon, j'aperçois ma mère au bord de l'eau et je l'observe un moment à son insu. Elle cueille une marguerite et la met dans ses cheveux qui dansent au vent. Son langage corporel traduit une sérénité que je n'ai pas vue chez elle depuis très longtemps. Elle a bien droit à un peu de temps pour elle, à un moment d'intimité pour recoller les morceaux de son vase cassé. Lui faire part de ma prouesse technique peut attendre.

Soudain, juste devant elle, une forme imposante surgit des bois pour s'avancer vers le lac. Un orignal au panache majestueux se met à s'abreuver. Fleur ne bouge pas. Comme moi, elle fixe l'animal. Je me demande si je devrais sortir. Non, j'effraierais sans doute la bête que ma mère continue à contempler. Quand il a fini de boire, l'orignal jauge Fleur à son tour. À peine trois mètres les séparent. Quelques secondes après, l'orignal agite ses bois comme pour la saluer et retourne tranquillement dans la forêt.

Fleur arbore un sourire d'émerveillement comme ceux qu'elle faisait quand j'étais petit garçon. Peut-être que je m'imagine des choses, mais j'ai l'impression qu'un petit morceau du vase de ma mère a retrouvé sa place.

* *

*

Poussé par l'envie de me dégourdir les jambes, je prends la direction du chemin. Peut-être que je reverrai l'orignal ou que je tomberai sur une autre bête. Parvenu au bout de l'entrée, je remarque la boîte aux lettres pleine à craquer. En retirant le courrier, je l'échappe. Je me mets à genoux pour organiser les enveloppes en une pile plus facile à manier. La dernière que je ramasse a des allures menaçantes, des mots en rouge : « AVIS FINAL ». Je l'examine ; elle vient d'une banque. Sans doute de mauvaises nouvelles. David ne doit pas vérifier son courrier souvent. Pense-t-il faire disparaître ses problèmes juste en les ignorant ? Cette tactique, je l'ai déjà essayée sans grand résultat.

Sur la route du retour, mes oreilles se régalent des chants d'oiseaux diffusés par le vent. En arrivant à l'intérieur du chalet, j'entends David et Fleur discuter dans la salle à manger.

— Il était colossal et grandiose.

Je devine que Fleur lui parle de son orignal.

— Tu dois l'avoir attiré. C'est rare qu'ils s'aventurent si près de la baraque.

Je m'approche.

— Il va falloir que t'ailles au courrier plus souvent où que tu t'installes une plus grande boîte aux lettres.

Je dépose le paquet sur la table en m'assurant de placer ostensiblement la lettre de la banque sur le dessus de la pile. David ne sourit même pas à ma plaisanterie. C'est à peine s'il daigne jeter un coup d'œil sur le tas d'enveloppes. Je ne viens pas à bout de me retenir.

— T'ouvres pas celle qui dit avis final ?

Il me décoche un regard assassin. Je n'ai pas choisi d'être l'oiseau de malheur, mais je sens qu'il y a urgence.

— Si ça peut te faire plaisir, dit-il en déchirant le bord de l'enveloppe pour en retirer une feuille.

Il la parcourt rapidement et la laisse tomber sur la table où j'essaye de lire ce qui est écrit. David reprend la lettre et la brandit dans les airs.

— Oui, c'est le dernier avis de ma banque. Ça date de trois semaines. Il me reste deux jours pour faire un versement sans lequel je serai en défaut de paiement et elle pourra saisir mes biens.

David a débité ça comme s'il crachait un morceau de viande pourrie. Fleur et moi le considérons avec de la sympathie et de l'incrédulité.

— Comment vas-tu…

David coupe ma mère.

— Je ne sais pas. Je l'ai pas, cet argent-là.

Je me rends compte de la chance que nous avons d'être hébergés à L'écho vert. Nous risquons d'être ses derniers hôtes. Avec sa disparition, il n'y aura jamais notre photo sur le mur du salon.

CHAPITRE 7

Maintenant, je me fais vraiment du souci

— On verra peut-être mon orignal.

J'en doute, mais je me dis que si ma mère a le goût de prendre l'air avec moi, je devrais l'accompagner. David nous a proposé d'aller faire une randonnée en longeant le lac sur une piste balisée de quelques kilomètres. Son humeur bougonne, suscitée par la lettre menaçante de la banque, ne l'a pas quitté depuis la veille. Alors, disparaître pour quelques heures, c'est une bonne idée.

Je remplis une bouteille d'eau et je rejoins Fleur à la porte. Il fait super beau et nous venons de manger un plantureux dîner, donc je me sens énergisé. À moins de deux cents mètres de la maison, nous repérons le début de la piste, un sentier étroit parfois envahi par la végétation. À notre droite, nous pouvons apprécier le bleu azur du lac.

Je prends les devants. Mon pas devient rapide et je me laisse aller à mes pensées qui me ramènent en arrière... Ma mère, désemparée après la mort de mon père, se tournant vers la bouteille. Pas au point de perdre le contrôle, mais assez pour fuir la réalité. Ensuite, sa descente aux enfers. C'est peut-être parce que j'étais là, ce qui l'obligeait à se lever le lendemain pour m'envoyer à l'école et préparer le souper à mon retour, qu'elle n'a jamais traversé la ligne qui l'aurait entraînée vers la dépendance totale.

Mais, bientôt je vais partir. Va-t-elle me remplacer par l'alcool?

— C'est pas une course, Alex.

Le cri de Fleur me fait arrêter. En me retournant, je découvre qu'elle est loin derrière moi, haletante. Je regarde ma montre. Ça fait près d'une heure que je cours presque. Je m'assois sur un rocher qui offre une vue sur le lac. Ma mère finit par s'installer à côté de moi. Pendant deux minutes, nous contemplons les vagues.

— Pourquoi tu m'as jamais amené ici?

L'expression de ma mère me suggère qu'elle se pose la même question ou encore qu'elle ignore la réponse.

— Je suis venue à Rivière-Ahmic avec toi, quand t'étais encore bébé.

— Ça compte pas ça.

— J'aimais mes parents, énonce-t-elle lentement en baissant les yeux. Mais je ne m'entendais pas toujours avec eux.

— J'ai dû hériter de ce gène-là.

— T'avais juste deux ans quand ils sont morts. Je n'ai pas senti le besoin de revenir.

— C'est pas plutôt parce que tu ne voulais pas que tes parents voient ce que leur fille aux grands rêves était devenue?

Elle ouvre la bouche pour répliquer, mais, parti sur ma lancée, je ne peux plus m'arrêter.

– Fuir ou boire. Ou encore faire les deux en même temps, c'est toujours comme ça que t'as cherché à régler tes problèmes.

– J'ai toujours pris soin de toi.

– Mais il faudrait que tu prennes soin de toi !

Au bord de ce lac tranquille, ma voix porte. Ma mère a les larmes aux yeux.

– Alex, malgré tout ce que j'ai fait et pas fait, pour moi, la seule chose que j'ai réussie dans ma vie, c'est toi. Pour le reste, j'ai essayé. J'essaye encore.

Je prends une grande respiration. Je comprends mieux pourquoi nous sommes ici.

– Même si ton retour sur scène n'a pas marché, je suis content d'être venu.

Ma mère appuie sa tête contre mon épaule et murmure :

– Moi aussi.

Un bruit provenant du bois nous fait sursauter. S'agit-il d'un petit animal inoffensif ou d'une grande bête menaçante ?

Posément, nous nous levons. Je fais un signe de tête en direction du sentier. Nous nous éloignons prudemment, en restant bien aux aguets. Les sons mystérieux s'arrêtent pour faire place à un silence presque aussi angoissant. Je me concentre tellement fort que je lâche un cri au bruissement des feuilles, juste derrière nous. Ma mère et moi découvrons Suzanne et Danika, souriantes, des paniers dans les mains et apparemment pas du tout surprises de nous voir.

– Fleur, vas-tu répondre à l'appel de l'Esprit des sables ?

La question à brûle-pourpoint de Suzanne bouleverse ma mère. Elle me dévisage comme si elle voulait que je réponde pour elle. Bien que soulagé d'être tombé sur Danika et sa grand-mère plutôt que sur un ours hostile, je demeure nerveux et mon cœur bat toujours la chamade. Le mieux que je trouve à dire, c'est demander ce qu'elles font là.

Danika nous montre les feuilles et les fleurs dans son panier.

— Nous sommes arrivées à la pourvoirie pour cueillir les herbes médicinales qu'on partage avec David. Quand il nous a vues, il a eu une inspiration géniale : aller faire un tour aux dunes en canot. Donc, nous venons vous chercher.

Le silence s'installe jusqu'à ce que Suzanne y mette fin.

— Alors ?

De toute évidence, elle veut que ma mère se prononce.

— David nous attend au quai, chez lui. Vous venez avec nous ?

Maintenant, c'est Danika qui attend une réaction. Je ne vais pas la décevoir.

— Super ! C'est une bonne idée, hein maman ?

Fleur sourit et acquiesce de la tête.

— Allons-y ! nous exhorte Danika en se mettant en route.

On lui emboîte le pas. Un coup d'œil vers Fleur et Suzanne me permet de constater qu'elles ont l'air de converser, mais sans paroles.

— Avez-vous vu l'orignal ? me demande Danika.

— Non. Où ça ?

— Tout près. Ma grand-mère et moi l'avons croisé juste avant vous, poursuit-elle. Jamais vu un si beau panache.

Une minute plus tard, Danika évoque l'expédition que nous allons faire.

Otages de la nature

— Tu vas voir, la meilleure façon d'apprécier le lac des Dunes, c'est sur l'eau.

J'opine du bonnet.

— Ouais. Ça va être une belle découverte pour moi.

Je me rappelle alors que je n'ai jamais mis les pieds dans un canot.

* *
*

— Tu veux gouverner ou être en avant ?

J'hésite à répondre. Accroupie à côté du canot, Danika le tient contre le quai. Sur l'eau, ma mère est à la proue de l'autre embarcation, où Suzanne occupe la place du milieu et David la poupe.

— Qu'est-ce que vous attendez, les jeunes ?

La question de David, bien que prononcée sur un ton railleur, est tout à fait légitime. Cette sortie lui a redonné sa bonne humeur.

Mon orgueil m'empêche d'avouer que je suis novice en matière de canotage.

— Ça me dérange pas que tu prennes la barre.

J'ai dit ça d'une voix neutre, comme si je faisais le magnanime en lui accordant le privilège de diriger la barque. Si elle perce mon jeu, Danika ne le laisse pas paraître. Je prends un aviron et je m'installe à la proue. À peine assis, je sens la barque ballottée par la poussée de départ que Danika nous donne.

J'ai presque envie de crier tellement je suis heureux. Non seulement, contre toute attente, j'ai pu revoir cette fille superbe, mais en plus, j'ai cette formidable occasion de vivre une aventure avec elle – en compagnie de sa grand-mère, de ma mère et de David, c'est vrai – mais tout de même une excursion où j'aurai la chance de la connaître.

Je trempe ma pagaie dans l'eau. La barque légère se meut sur la surface calme du lac et nous rejoignons l'autre canot.

– Ça va nous prendre combien de temps pour traverser ?

J'arrête de pagayer pour bien entendre la réponse de Danika. Je n'ose pas me retourner, de peur de déséquilibrer le canot qui frétille à chaque mouvement.

– Au rythme où tu pagaies, une bonne heure au moins.

Sa longue expérience compense mon manque, car nous avançons à la même vitesse que l'autre canot. Je vérifie pour la troisième fois que mon gilet de sauvetage est toujours bien attaché.

– As-tu peur d'aboutir au fond du lac ? me taquine Danika.

– Non, je suis très bon nageur.

Ma réponse doit la rassurer, car elle ne dit plus rien. C'est vrai que je me débrouille bien dans l'eau, même si je me suis exercé presque uniquement dans des piscines. Nous avironnons en silence pendant plusieurs minutes. J'ai l'impression que, malgré le mal que me font mes ampoules aux mains, je réussis à manier ma pagaie convenablement. Du moins, Danika ne me fait aucun reproche. Nous avançons sans trop d'effort, car la surface du lac reste lisse comme un miroir.

Soudain, je perçois la voix de Suzanne qui fredonne un air, de plus en plus audible. La chaude voix de Danika s'ajoute à celle de son aïeule. Sont-elles en train de chanter des paroles ou juste des syllabes ? Je m'étonne et ensuite je m'épate quand j'entends une autre voix, celle de Fleur, s'unir aux deux autres. Dans cette salle de concert extérieure, elles résonnent doucement sur l'eau. Même si je ne peux pas voir Danika derrière moi, j'observe ma mère, à trois mètres à ma droite, qui sourit tout en reproduisant la mélodie des deux autres. La connaît-elle ? Il est vrai que l'air est simple et répétitif. Mes oreilles le trouvent agréable.

Les femmes continuent en harmonie pendant plusieurs minutes. Quand leurs voix s'éteignent, je me rends compte que nous sommes tout près de la berge.

— On va viser la petite pointe de sable, à deux heures.

Danika me tire de la rêverie dans laquelle je m'étais laissé glisser. Deux heures. Je regarde ma montre. « Ben non, imbécile, elle parle du cadran imaginaire du voyageur ! »

Je tourne la tête vers la droite pour repérer la pointe en question. Sur cette côte rocheuse et densément recouverte d'arbres, ce petit bout de sable offre, en effet, un endroit de prédilection pour débarquer.

— Tu peux t'arrêter, me dit Danika en guidant le canot vers le sable où, dix secondes après, le bout de la proue heurte la berge. T'auras même pas besoin de te mouiller les pieds.

Rapidement, je me lève pour sauter à terre. Mon mouvement brusque déséquilibre le canot, me fait chanceler et ensuite tomber dans le sable. Danika éclate de rire.

— Mais je peux rien faire si tu tiens à te casser une jambe.

Tandis que je me lève, l'autre canot accoste à côté de nous. Fleur évite de faire la même erreur que moi. Les autres débarquent et ensuite nous tirons les embarcations sur le sable.

— Ton fils a pas appris à se déplacer en canot?

— C'est de ma faute, répond Fleur à Suzanne. Mais il est intelligent et il possède beaucoup d'autres connaissances.

Le compliment de ma mère me fait chaud au cœur et je vois Danika sourire le temps d'une seconde.

— Le reste du trajet à pied n'est pas très long, annonce Suzanne.

Nous nous mettons à la suivre. Je ne sais pas comment elle discerne le bon chemin. Je ne vois aucune piste. David occupe la deuxième place, juste devant ma mère, avec Danika et moi en dernier. J'en profite pour admirer la forme sculpturale de ma nouvelle amie mise en valeur par son jegging moulant. Cependant, parfois une roche ou une racine m'oblige à décrocher mes yeux d'elle pour regarder où je pose le pied.

Ma mère lâche un cri en trébuchant sur une souche. David l'attrape dans ses bras. Ils restent enlacés quelques secondes. Je me dis de ne pas m'en faire. Fleur se comporte comme ça avec tous les hommes qu'elle rencontre, surtout ceux qui la sauvent. Par contre, sans doute que David l'ignore.

Je regrette de ne pas avoir devancé Danika, car j'aurais eu quelques chances de lui tendre la main pour l'aider à franchir un obstacle. Je me jure de mieux me positionner lors du retour.

Une dizaine de minutes plus tard, nous arrivons à une clairière. Sans rien dire, Suzanne fait un geste de présentation. Le spectacle me laisse bouche bée.

Devant elle se dresse une haute colline de sable brun. Contrairement à une oasis, un trou d'eau dans le milieu d'un désert, nous sommes devant un monticule de désert au milieu d'une forêt luxuriante. Je m'avance pour mieux contempler l'Esprit des sables, tout comme Fleur, les yeux écarquillés. Elle est peut-être moins surprise que moi, car elle a déjà entendu parler des dunes. Cependant, de toute évidence, son admiration dépasse la mienne.

On s'assoit au soleil. David ouvre son sac à dos et se met à faire circuler des bouteilles d'eau et un sac de mélange du randonneur. Je remarque alors tout près de ma mère une superbe plante, un cypripède royal avec son gros bulbe et ses pétales mauve flamboyant.

— Elle est presque aussi belle que Fleur, hein David ?

Tout le monde regarde ce que je pointe du doigt. Les yeux de David vont du cypripède à ma mère. Mon commentaire le gêne. Je suis fier de mon coup.

— En fait, mon vrai nom, c'est Florence.

— Je préfère Fleur, affirme David en souriant de toutes ses dents. C'est un beau nom qui te convient à merveille.

— Tu es une vraie fleur sauvage, ajoute Suzanne.

Ma mère, sans dire un mot de plus, se lève et commence à monter dans la colline de sable qui avale ses pieds. David esquisse un mouvement pour la suivre, mais Suzanne le retient par le poignet.

Tout en buvant et en croquant, je surveille ma mère qui continue à escalader la dune. Bientôt, elle atteint le sommet pour ensuite disparaître de l'autre côté.

— Les dunes ont toujours été un lieu où les gens venaient en quête de vision, explique Suzanne. L'Esprit des sables leur souffle la direction qu'ils doivent suivre.

Le lieu est spécial, unique, cela ne fait aucun doute. J'étudie les grains de sable soulevés par la brise soudainement plus forte. Ici, même l'air transforme le son du vent pour créer une musique indescriptible.

Fleur ne réapparaît pas. Est-ce que je devrais m'en inquiéter?

— On devrait pas aller voir ce que ma mère fabrique?

Personne ne réagit. Maintenant, je me fais vraiment du souci.

CHAPITRE 8

J'ai pas le goût de quitter Rivière-Ahmic avant de l'apprendre

Finalement, je n'en peux plus d'attendre.

– Je vais la chercher.

À ma grande surprise, personne n'offre de m'accompagner. Les trois autres agitent simplement la tête en signe d'approbation. Je me mets en route. Dès mes premiers pas, je sens une différence dans l'atmosphère. Le sable chauffé par le soleil dégage une chaleur réconfortante que le vent, chargé de grains de sable, fait circuler. Mes pieds s'enfoncent à chaque enjambée.

Subitement, c'est comme si j'étais dans un film au ralenti. Je monte et je monte, mais le sommet me paraît de plus en plus loin. Je me hasarde à jeter un coup d'œil derrière. Danika et les deux autres, pourtant assis au même endroit, me semblent plus éloignés.

Même si j'ai bu amplement voilà à peine quelques minutes, j'ai la gorge sèche.

– Maman, où es-tu?

Le vent avale le cri rauque échappé de ma bouche. L'a-t-il transporté jusqu'à l'autre côté du sommet ?

Je peine à franchir les derniers mètres avant le point culminant de la dune. C'est comme si je traversais des sables mouvants. Mes souliers de marche sont pleins de cette matière fine qui, pourtant, pèse lourd.

– Maman ?

Cette fois, ma voix n'est qu'un murmure. De ma position élevée sur la crête de l'Esprit des sables, j'aperçois Fleur étendue dans le sable qui danse autour d'elle. Inquiet, je me précipite pour m'agenouiller à ses côtés.

– Maman, ça va ?

– Écoute, chuchote-t-elle en ouvrant les yeux. Entends-tu la musique ?

Mes oreilles captent le susurrement du vent et, à mon grand étonnement, une espèce de tintement très subtil, comme si les grains de sable s'entre-choquaient dans les airs pour produire un son.

– Étends-toi.

Je finis par obtempérer. Couché sur le dos, je fixe les grains de sable qui font une sarabande autour de moi. Pourtant, pas la moindre particule ne se pose sur mon corps.

– C'est l'Esprit des sables qui nous chante sa chanson.

Le constat de Fleur me sidère presque autant que cette expérience paranormale qui ne semble avoir aucune explication logique.

– Qu'est-ce qu'il nous chante ?

Je suis surpris d'avoir posé la question. Ma mère a l'air de réfléchir très sérieusement à la réponse.

– Je ne sais pas. Mais c'est un très vieil air, que des générations d'Anishnabés ont entendu et chanté avant nous.

Tout en parlant, elle m'a pris la main. Je sens sa chaleur et la rudesse des grains de sable. Un sentiment de bien-être m'enveloppe comme un édredon douillet par une soirée d'hiver. À la voix du sable et du vent, vient s'ajouter celle de Fleur qui se met à fredonner. Je perds toute notion du temps. Nous restons comme ça pendant ce qui doit être un long moment.

Très graduellement, le vent diminue et le sable cesse alors de tourbillonner. Ma mère se lève et je l'imite. En silence, nous regagnons le sommet. Parvenus à l'autre versant, nous voyons nos amis toujours assis en cercle. Suzanne nous fait un signe. Ma mère et moi y répondons ensemble. Je me sens comme si j'étais ailleurs, dans un autre monde. En même temps, je saisis que seule ma perception des lieux a changé.

Nous dévalons allègrement la pente en riant comme des enfants. Je ne me suis jamais senti aussi près de ma mère, si conscient de mon amour pour elle. Quand nous arrivons devant les autres, Suzanne déclare tout simplement :

– Nous pouvons rentrer.

Personne ne nous interroge, comme si les trois autres savaient exactement ce que ma mère et moi venons de vivre. Danika prend la tête de notre cortège, suivie de près par Suzanne et David. D'un pas rapide, je devance Fleur pour me placer entre elle et David. J'ai le goût de rester près d'elle. C'est moi qui lui tends la main pour l'aider à naviguer entre les embûches le long du parcours jusqu'aux canots.

Pendant le retour sur l'eau, c'est Fleur qui fredonne joyeusement un air que Suzanne reprend.

– On dirait que ta mère est inspirée.

L'observation de Danika me paraît très juste. Moi aussi, je sens un élan, mais j'ignore dans quelle direction il me pousse. Et j'ai pas le goût de quitter Rivière-Ahmic avant de l'apprendre.

CHAPITRE 9

Il était temps que, force surnaturelle ou pas, le miracle se produise

De retour à la maison, David invite Suzanne et sa petite-fille à souper avec nous. Notre aventure au grand air nous a tous donné une faim de loup. Tout le monde met la main à la popote. Notre hôte me confie la tâche de surveiller des steaks d'orignal sur le barbecue. Danika sort placer un bol de salade sur la table.

— Je pense que c'est le temps de virer la viande.

Un peu maladroitement, je suis son conseil. Les steaks grésillent dans les flammes.

— J'ai jamais mangé de viande sauvage.

— Tu vas voir, c'est délicieux.

Elle reste à mes côtés et nous jasons un peu. J'apprends qu'elle ambitionne de contribuer à l'avancement des revendications des Premières nations en devenant soit avocate soit journaliste.

— Va vers le droit. Avec ça, t'es sûre de ne pas chômer.

— Mais j'aurai pas mon diplôme assez vite pour empêcher OntFor de détruire l'Esprit des sables.

Maintenant que j'ai vu et connu les dunes, je suis également convaincu de la nécessité de les sauver. Je questionne Danika sur sa famille. J'apprends qu'elle a deux jeunes frères.

— Ma mère, une Franco-Ontarienne, est morte d'un cancer du sein voilà deux ans.

Je lui parle alors de mon père et, après un court silence, j'ajoute :

— Donc, on est tous les deux des Métis.

— Non ! réagit vivement Danika. Nous descendons des Premières nations, toi à travers ta mère et moi à travers mon père.

— Mais, nous avons un parent Blanc et un parent Autochtone. C'est pas métis, ça ?

— Tu peux pas imaginer combien de fois j'ai eu cette conversation, se plaint Danika en soupirant. Oui, au sens général qui signifie des personnes de sang mêlé. Mais nous ne sommes pas métis au sens canadien du terme, parce qu'on n'est pas issus du peuple métis qui remonte au début du Canada et aux toutes premières unions entre Européens et Amérindiens.

J'essaye de décortiquer son explication.

— Donc, je suis plus Autochtone que Métis ?

— Les deux ne s'opposent pas. Les Premières nations et les Métis sont tous les deux des peuples autochtones, tout comme les Inuits.

— Alors, je peux dire que je suis un descendant des Premières nations avec du sang mêlé.

— Voilà ! s'exclame Danika.

Je contemple les traits de la jeune femme. En plus d'être jolis, ils sont manifestement ceux d'une personne aborigène : des yeux bridés, des cheveux noirs et drus, des pommettes saillantes. Moi, mon visage n'a aucune caractéristique autochtone.

– Il reste que je ne suis pas aussi Anishnabé que toi.

– De sang, oui, répond Danika en riant. Malgré le fait que tu n'as pas vécu dans notre culture. Hé ! Ça brûle !

Je me retourne vers le barbecue où un nuage de fumée enveloppe la viande. Elle me prête main-forte pour retirer les steaks du feu. Bien que légèrement calcinées au bord, les tranches ne sont pas ruinées.

David sort avec des assiettes.

– Heureusement que j'aime ma viande bien cuite, me taquine-t-il. À table.

Nous mangeons dehors. Je donne raison à Danika pour le goût du gibier. Exception faite des parties carbonisées, le steak est succulent. Le repas se termine par une infusion que prépare Danika avec les herbes qu'elle et sa grand-mère ont cueillies. Cette tisane a bon goût aussi.

Avant son départ, Danika et moi échangeons nos numéros de téléphone et nos adresses de courriel.

– Je vais essayer de repasser demain, me glisse-t-elle à la porte.

Tout en faisant la vaisselle avec David, je lui parle de ma vie à Toronto, de mes projets d'études en génie civil.

– C'est mieux que devenir bûcheron, me lance-t-il en désignant mes mains encore marquées par les ampoules.

Si je suis vraiment un Autochtone de descendance Première nation, je me demande si j'aurais droit à de l'aide financière pour mes études ? Je cherche ma mère pour lui en parler. À travers la baie vitrée, je la vois assise au bout du quai.

Je pars la rejoindre. Or, je ne fais que quelques mètres avant qu'un accord de guitare me fige. Ma mère, son instrument dans les mains, écrit dans un calepin.

« Elle travaille ! »

Sans faire de bruit, je vire sur mes talons. Il ne faut surtout pas la déranger en pleine création. Danika ne s'est pas trompée : l'Esprit des sables a vraiment ravivé sa flamme créatrice. Et il était temps que, force surnaturelle ou pas, le miracle se produise.

CHAPITRE 10

Avant la chute du rideau

— C'est long, mais en même temps c'est...

— Méditatif?

J'approuve de la tête en continuant de tourner la manivelle du moulin à café. L'odeur des grains fraîchement moulus me chatouille les narines.

— Faut pas être pressé, par exemple.

Fleur a déjà profité du café préparé par David à la première heure ce matin. Elle en savoure une longue gorgée et me donne raison. Après deux autres tours de manivelle, j'ouvre le petit tiroir. J'ai de quoi me faire une tasse et l'eau est déjà chaude.

Le téléphone sonne. David arrête de siroter son élixir et se lève. Agacé, il regarde l'horloge et pousse un soupir.

— Neuf heures dix. Les appels avant dix heures sont rarement porteurs de bonnes nouvelles.

Tandis que j'observe l'interaction de l'eau bouillante et des moutures dans la cafetière Bodum, David décroche. Ma mère et moi, nous nous efforçons de regarder ailleurs. Cependant, on ne peut pas s'empêcher de tendre l'oreille. David répond laconiquement à son interlocuteur et finit par s'éloigner avec le sans-fil.

Mes yeux rencontrent ceux de ma mère, qui hausse les épaules. À peine dix secondes s'écoulent avant le retour de David qui remet le téléphone sur son socle. Ni moi ni Fleur n'osons poser la question qui nous brûle les lèvres. La mine renfrognée de David confirme sa prédiction.

— C'est fini, laisse-t-il tomber au bout d'un long silence aussi agréable que de la torture.

— Qu'est-ce qui est fini ? demande Fleur pour inciter David à éclairer notre lanterne.

— Tout, répond-il en se laissant choir lourdement sur une chaise. C'était mon avocat. Notre demande de moratoire a été rejetée. En plus, je dois rembourser les frais du procès à la compagnie. Avec la banque qui peut saisir ma pourvoirie à n'importe quel moment, je suis vraiment au bout du rouleau.

— Tu peux pas laisser tomber. L'enjeu est trop important.

Je me sens stupide d'avoir prononcé ces paroles creuses. Je suis très mal placé pour lui donner des encouragements. C'est pas moi qui vais tout perdre. Aucune solution miraculeuse n'apparaît ni à l'horizon ni dans le ciel.

Ma mère place des mains compatissantes sur ses épaules et y va d'une suggestion.

— Il faudrait attirer l'attention des médias sur cette affaire.

— Che Guevara a déjà dit que rien ne changeait sans violence. Je commence à penser qu'il avait raison.

Fleur retire ses mains des épaules de David.

— Tu crois vraiment ça ?

Il n'a pas la chance de répondre, car on entend le son de pneus qui écrasent le gravier. Je me rends à la fenêtre pour voir Chuck descendre de sa Cherokee. J'annonce son arrivée et ma mère va à sa rencontre. Je la suis en regardant ma montre : dix heures. On peut toujours espérer que lui, au moins, aura d'agréables nouvelles.

— Ta Yaris sera prête à rouler dès demain matin.

— Super! s'exclame Fleur. On te doit une fière chandelle.

Chuck propose alors de venir nous chercher demain pour nous emmener au garage.

— On va demander à David. Tu t'es déjà donné trop de peine.

J'ai fait un effort pour garder un ton neutre. J'ai dû réussir, car il ne réagit pas comme un soupirant qui vient d'essuyer une rebuffade.

— J'ai mes CD.

Il retire les disques de son véhicule et les présente à ma mère, avec un stylo. Fleur s'exécute.

— J'avoue que ton départ me fait un peu de peine, Fleur. Tu sais, je me rends souvent à Toronto par affaires. On pourrait peut-être se revoir.

Ma mère sourit tout en écrivant de beaux mots sur les pochettes de CD.

— Oui Chuck, j'aimerais ça.

Je me promets de lui parler dans le creux de l'oreille tout à l'heure...

— Si t'es venu me dire que j'ai perdu mon procès, je suis déjà au courant. Alors, déguerpis!

Contrairement à moi, David ne dissimule aucunement son hostilité.

Chuck reprend les CD de Fleur et les dépose dans la voiture. Posément, il s'avance vers David en exhibant une affabilité exagérée.

– Je voulais quand même te voir, mais pour autre chose. Malgré la décision du juge, j'ai demandé à OntFor de bonifier son offre de 100 000 $ pour ton terrain. Mais, c'est vraiment notre dernier mot. Si tu ne l'acceptes pas dans les vingt-quatre heures, elle sera retirée.

David reste momentanément décontenancé. Le petit hamster sur la roulette dans sa tête doit courir à toute allure. Après tout, même si elle est affreuse, c'est sa seule porte de sortie. Et son honneur serait sauf : il se serait battu jusqu'au bout. Je m'attends à ce qu'il prononce le proverbial « je vais y réfléchir ». Or, pour toute réponse, David crache par terre, vire sur ses talons et claque la porte derrière lui.

– Maudite tête de mule ! peste Chuck. Vous êtes sûrs que vous voulez rester ici ? Dans l'état où il est, ce cinglé pourrait faire une bêtise.

Ma mère, bouleversée par la scène qui vient de se jouer, met quelques secondes à parler.

– Justement, je pense que c'est bien qu'on soit là.

– David, c'est un bien bon gars, mais depuis le début de cet affrontement, il est devenu un peu…

– Fou ?

J'ai prononcé le mot resté sur le bout de sa langue.

– Je voudrais juste qu'il entende raison. Ça va finir mal pour lui. Essayez de l'aider à voir la lumière, dit Chuck en remontant dans sa voiture. T'as mon numéro, Fleur. Si tu veux que je te conduise au garage demain, appelle-moi.

Tandis que le VUS s'éloigne, nous restons muets. Le dernier acte de cette pièce aux allures de plus en plus tragiques vient de commencer. Je me demande si nous serons partis avant la chute du rideau.

CHAPITRE 11

À mon retour, ils seront peut-être dans de meilleures dispositions

La poussière soulevée par le départ de Chuck tombe à peine que déjà un autre véhicule la soulève à nouveau. De la fenêtre, j'observe Roxanne Charpentier descendre d'une minifourgonnette. Je reconnais l'homme au volant, le cadreur qui l'accompagnait au spectacle. La journaliste se présente à la porte que j'ouvre pour elle.

— David est là ?

Sans attendre, elle entre. Assis à la table et toujours morose, David lève à peine les yeux.

— Pas le goût de me faire interviewer.

Roxanne n'accepte pas cette réponse à la question qu'elle n'a pas encore posée.

Je sais que le jugement te porte un coup très dur. Mais tu dois faire connaître ta réaction.

— C'est une bonne occasion de faire valoir ta cause auprès du public, renchérit ma mère.

— Ça fait déjà mille fois que j'en parle et qu'est-ce qui a changé ? Les paroles ne servent à rien.

David s'est levé d'un bond et tremble de rage. Cet homme agité n'a rien à voir avec celui que j'ai vu enterrer un petit oiseau mort. Il est tout autre. Imprévisible.

— Sors d'ici avant que je fasse quelque chose qu'on regrettera tous les deux.

Déroutée, Roxanne bat en retraite. Je la talonne pour l'interpeller devant la portière ouverte de la minifourgonnette.

— Il faut le comprendre. Il est vraiment au pied du mur.

— Je peux pas l'aider s'il refuse de me parler.

— Donne-lui quelques heures. Ma mère et moi, on va essayer de le convaincre de t'accorder une entrevue.

— Ça serait bien. Tout ce que je peux faire, c'est rapporter les faits, et encore... pas tous les faits.

— Qu'est-ce que tu veux dire ?

Elle marque une pause.

— Il y a peut-être de la vérité dans ce que David et les autres maintiennent au sujet de l'étude d'impact sur l'environnement commandée par OntFor.

— Alors il faut en parler.

— J'ai pas de preuves et mon chef de pupitre me défend de spéculer là-dessus. OntFor a bien des amis au sein du gouvernement. Et puis, si je me mets à fouiller, mon métier m'oblige à le faire des deux côtés.

— David cache quelque chose ?

— Il n'a pas toujours été un enfant de chœur, poursuit Roxanne en baissant le ton. Il aurait des antécédents.

J'essaye de lui tirer les vers du nez, mais Roxanne monte dans son véhicule en me lançant tout simplement :

— Dis à David de m'appeler s'il change d'idée.

Quand je retourne dans le chalet, je le découvre vide. Un coup d'œil du côté du lac me révèle que ma mère, assise au bord de l'eau avec sa guitare, s'est réfugiée dans le travail. Je pars à la recherche de David pour l'interroger au sujet de son passé. Quelle sorte d'écologiste est-il vraiment ?

Je prends la direction de la remise de bois en raisonnant qu'il y a fort à parier qu'il soit en train de bûcher pour évacuer sa frustration. J'en ferais autant si je n'avais pas les paumes couvertes d'ampoules.

Le son d'une hache heurtant le bois confirme ma supposition. Ensuite, trois coups se succèdent suivis du choc d'une bûche contre le mur.

— Ostie de tabarnac de calice !

Je fige sur place. Si David est dans un tel état, le mettre devant des questions gênantes serait malavisé. De plus, si je veux le persuader de se laisser interviewer, mes chances d'y parvenir seront meilleures quand il se sera épuisé et calmé.

Je retourne donc au chalet. Ma mère, toujours dehors à gratter sa guitare, s'arrête brusquement, dépose l'instrument dans son étui et prend un papier en secouant la tête.

— Non, je l'ai pas !

Fleur a prononcé ces paroles si fort que j'ai pu les entendre à travers la fenêtre ouverte. Elle se lève et je reconnais son expression troublée, car je l'ai souvent vue au fil des ans : celle du blocage. Une idée musicale reste prise en dedans d'elle et, si c'est comme les autres fois, la chanson va en rester là.

Fleur se déplace jusqu'au bout du quai en faisant des cercles avec les bras, sa forme de gymnastique pour libérer la tension. Soudain, un coup de vent provenant du large soulève les feuilles de papier que ma mère a négligemment laissées à côté de sa guitare. Horrifiée, Fleur se met à courir, mais la brise puissante les emporte vers le lac.

Dépitée, ma mère ramasse la seule de ses feuilles que le vent n'a pas réussi à lui chiper. Enragée, elle écrase la feuille en boule et la lance à l'eau.

Son regard m'inquiète. D'habitude, il mène à un verre et ensuite à d'autres...

Cependant, tout de suite après, le faciès de ma mère se transforme pour révéler de l'émerveillement. Elle se penche sur l'étui de guitare pour ramasser une plume de faucon que le vent a dû poser là. Souriante, elle place la plume dans ses cheveux. Est-ce qu'elle voit un signe dans cet étrange cadeau ? Est-ce que ça suffira pour l'empêcher d'aller chercher une consolation dans la bouteille ? Heureusement, David ne semble pas garder d'alcool en réserve.

Juste quand je me décide à aller voir ma mère, mon téléphone sonne.

— Alex ? J'ai emprunté le pick-up de mon père. Je passe te prendre pour aller faire un tour dans une quinzaine de minutes ?

J'accepte l'invitation avec plaisir et je raccroche. Je griffonne une note pour Fleur, car je vais aller attendre Danika au chemin. Ainsi, je vais laisser ma mère avec sa plume et David avec sa hache. À mon retour, ils seront peut-être dans de meilleures dispositions.

CHAPITRE 12

Un lieu isolé, spécial et peut-être même romantique

— Ça ne me manquera pas.

Je détaille l'édifice en brique à l'allure plutôt délabrée que Danika me désigne, au volant de la Ford F-150.

— Moi aussi je suis content d'avoir terminé le secondaire.

En passant me prendre tout à l'heure, Danika m'a proposé de faire une tournée de Rivière-Ahmic. L'idée m'a emballé, car à part le parc, la pourvoirie et les dunes, je n'ai encore rien vu de la communauté de ma lignée maternelle.

— J'ai quand même aimé mes profs et la plupart de mes cours, ajoute Danika. Puis l'école a contribué à développer mon côté franco ontarien. Mais, maintenant, je me sens mûre pour poursuivre mon destin.

Je fixe mon amie pendant quelques secondes. Ma mère, à son âge, devait lui ressembler : belle, brûlante d'ambition et pleine de rêves. Danika connaîtra-t-elle la même déception que Fleur et, une fois partie, va-t-elle mettre autant de temps que ma mère à revenir à ses racines ?

– Tu vas t'ennuyer de Rivière-Ahmic ?

– Un peu. J'aime les rochers, le lac, les dunes, même les épinettes. Et surtout ma famille et les gens d'ici, affirme ma guide en redémarrant le moteur.

Un coup d'œil à l'école secondaire de Rivière-Ahmic montre bien que les installations dérisoires d'ici n'ont rien à voir avec celles du sud de la province. Malgré cela, Danika possède une véritable soif d'apprendre. Moi qui ai fréquenté une école franco-ontarienne où un grand nombre des élèves ne voulaient pas parler français et ne s'intéressaient pas à la culture francophone, je suis épaté par l'ouverture de mon amie anishnabée. Elle se passionne presque autant pour le français de sa mère que pour sa culture paternelle.

Nous roulons à peine deux minutes avant de parvenir à la rue principale de Rivière-Ahmic.

– C'est le garage à Gus, me signale Danika, devant une structure en blocs de béton avec de grandes portes devant lesquelles des voitures stationnées pêle-mêle s'entassent.

Parmi cette collection de bagnoles hétéroclites, j'aperçois notre Yaris. Danika m'indique les quelques commerces de la ville : le resto, un magasin général et un centre médical. Notre parcours nous mène aux locaux de la Première Nation de Rivière-Ahmic et, juste un peu après, à une devanture où de grosses lettres plaquées sur une enseigne annoncent les bureaux de l'entreprise Ontario Forestry.

– Je commence à avoir un petit creux. Tu veux prendre une bouchée ? Ma traite.

Danika accepte et stationne près d'une roulotte avec un guichet.

— Le casse-croûte de Nic est juste ouvert l'été. Il fait les meilleures frites entre ici et l'île Manitoulin.

La nombreuse clientèle qui occupe la demi-douzaine de tables à pique-nique devant le commerce semble confirmer les dires de mon hôtesse. Je l'avertis que j'attendrai d'y goûter pour me prononcer. Après tout, la popularité évidente du casse-croûte pourrait être attribuable au seul fait qu'il a un monopole dans la région.

Je laisse Danika commander et, pendant que nous attendons nos assiettes, elle salue certaines des personnes assises aux tables. Il y a quelques jeunes, mais aussi trois hommes qui portent des pantalons et des bottes de sécurité.

— Des employés d'OntFor, murmure Danika à mon intention.

— Hé! Danika, es-tu en train de coucher avec l'ennemi?

À deux tables des travailleurs forestiers, un ado vient de lancer ce quolibet qui fait rire ses trois compagnons.

— Cet imbécile-là, c'est mon cousin Ronnie avec ses amis qui sont des fils de bûcherons, pour ne pas dire autre chose, déclare Danika assez fort pour que son interlocuteur l'entende.

Nic nous sert notre commande et je m'empresse de payer. Les mauvaises vibrations que je ressens me poussent à suggérer à Danika qu'on aille manger dans le pick-up. Toutefois, elle va s'asseoir non loin des travailleurs. Cette fille n'a vraiment pas froid aux yeux. J'admire son courage. Elle s'installe à la table en tournant le dos aux jeunes. Je me place en face d'elle.

– T'avais raison. Elles sont super bonnes ces frites.

– J'ai pas tendance à mentir ni à exagérer même quand je prêche pour ma paroisse.

Nous continuons à savourer notre repas.

– T'as pas honte de traîner avec le fils de Fleur Monague ?

Ronnie a décoché sa question comme une insulte. Danika s'essuie les lèvres avec une serviette et prend une grande respiration. Elle feint d'ignorer son interlocuteur. Moi, je ne peux pas. Énervé, Ronnie prend la bouteille de ketchup sur la table et la brandit comme s'il s'apprêtait à la lancer. Il faudrait que je réagisse, soit en hurlant un commentaire narquois à mon tour, soit en m'interposant. Cependant, je n'ai pas l'habitude d'affronter les gens agressifs, surtout dans un milieu que je ne connais pas. En plus, Ronnie et ses amis sont quatre et il y a les hommes, juste à côté.

Les yeux de Ronnie me défient d'intervenir. Sa main commence à reculer, se prépare à projeter la bouteille. Je me lève et j'ouvre la bouche.

– Arrête, Ronnie !

La voix tonitruante d'un des bûcherons vient de s'élever derrière moi.

– Danika peut bien fréquenter qui elle veut. Ça change rien. Sa gang est comme nous autres. On veut tous que ça aille bien à Rivière-Ahmic.

– Pour ça, on est d'accord, énonce Danika calmement. Mais on ne s'entend pas sur comment y arriver.

– De toute façon, ajoute le travailleur, Leblanc a perdu son procès et la coupe va aller de l'avant. Les écolos vont profiter de la manne comme tout le monde.

Otages de la nature

Danika allait riposter, mais les hommes se sont levés.

— Nous autres, on a du travail à faire. Puis toi, mon gars, t'es mieux de rentrer à la maison.

La dernière phrase, prononcée sèchement à l'intention de Ronnie, suscite son départ précipité en compagnie de ses amis. Les clients qui restent ne disent rien, mais je lis sur leurs visages leur approbation des propos de l'employé d'OntFor.

Danika et moi avalons le reste de nos frites rapidement pour ensuite regagner le pick-up. Je boucle ma ceinture.

— Cette affaire divise vraiment la communauté.

— Même les familles anishnabées, comme t'as pu voir. Il n'y a pas moyen de rester sur la clôture : t'es soit pour, soit contre la coupe des arbres.

— Et comme toujours, l'argument économique pèse lourd dans la balance.

— Au point de la casser, conclut Danika en allumant le moteur. Mets ta ceinture. Le trajet jusqu'à notre prochain arrêt va être toute une *ride*. Tu vas voir, ça va valoir la peine.

Le pick-up démarre en trombe et nous quittons la ville. Danika refuse de préciser notre destination. Le mystère me laisse espérer, au moment où nous quittons la route pavée pour emprunter un chemin de terre, que mon amie m'emmène à un lieu isolé, spécial et peut-être même romantique.

CHAPITRE 13

Notre prochaine rencontre sera bien différente de celle que j'envisage

Le pick-up cahote le long de la piste progressivement plus étroite et tortueuse. Même si Danika manie le volant avec assurance, pour moi, s'aventurer sur une route où les branches des arbres et des arbustes frôlent les côtés du véhicule, c'est une expérience nouvelle, pour ne pas dire déstabilisante.

— Inquiète-toi pas, je connais bien le chemin.

Nous parvenons enfin à une petite clairière et Danika coupe le moteur. Je constate que le lieu qu'elle veut me montrer, contrairement à mon espoir, est un bout de forêt dense, pas du tout un endroit romantique.

— Par ici, m'indique mon amie en s'engageant dans le sous-bois.

— On est où au juste ?

— À la porte arrière de l'Esprit des sables.

Danika avance à grandes enjambées. Je suis étonné d'apprendre qu'il existe un autre moyen d'accéder aux dunes que celui que nous avons emprunté hier.

— En fait, c'est plus vite passer par ici que de s'y rendre par le lac.

— Donc, la route parfaite pour un fainéant comme moi.

Danika s'arrête brièvement. J'essaye de jauger par ses yeux si elle trouve mon autodérision drôle ou triste.

— À l'approche des dunes, la forêt change, m'explique-t-elle en reprenant notre marche. Il y a d'autres espèces d'arbres et de fleurs…

— Sauvages, comme ma mère.

Cette fois mon commentaire soutire un rire franc de ma guide. Elle scintille, cette fille. Si elle vivait en ville, elle aurait un paquet de gars en train de courir après elle. Et je n'aurais aucune chance.

Quelques minutes plus tard, nous commençons à longer le bas d'une haute falaise escarpée.

— Tu vois, la seule façon pour la compagnie d'accéder aux beaux arbres de l'autre côté du lac, c'est en passant par ici et par les dunes.

Nous traversons la forêt quelques minutes encore. Danika a dit vrai : nous voilà déjà aux dunes. Sauf que, cette fois, nous y parvenons du côté nord et je les considère d'un autre angle. La haute colline de sable me fait toujours une vive impression.

— On voit qui peut atteindre le sommet en premier ?

Danika réagit en s'élançant vers la pente. Gravir la dune de ce bord-ci exige autant d'effort que de l'autre. Le soleil qui nous tape dessus me fait suer à grosses gouttes. Danika prend une bonne avance. J'essaye de la rattraper, mais elle parvient au faîte de la dune bien avant moi.

Haletant, j'arrive enfin à ses côtés. Heureusement, elle partage sa bouteille d'eau avec moi. Nous restons un long moment en silence jusqu'à ce que je laisse échapper :

— C'est pas la même musique, aujourd'hui.

— Elle est différente chaque fois, commente Danika, à mon grand étonnement. C'est ici que j'ai eu la vision de mon avenir comme avocate.

— Dans ce cas, c'est sûr que tu finiras juge à la Cour suprême du Canada.

Pour une fois je suis sérieux, mais Danika interprète ma prédiction comme une raillerie. Elle me donne une poussée amicale, mais ferme. Elle a de la force et, debout sur le sable mou, je ne suis pas très bien ancré. Le coup inattendu me déséquilibre et m'envoie débouler le long de la pente aiguë. J'essaye de m'agripper, mais je n'ai pas de prise dans le sable et je roule de plus en plus vite.

— Alex !

J'entends son cri, mais je ferme les yeux et la bouche pour me protéger du sable qui envahit mon visage et mes vêtements. Je continue à tourbillonner sans pouvoir freiner mon élan. L'Esprit des sables est-il fâché contre moi ? J'ai peur de me noyer dans cette mer verticale.

Ma dégringolade ne doit pas durer plus d'une dizaine de secondes, mais j'ai l'impression qu'elle se prolonge pendant des minutes interminables. Elle prend brusquement fin quand mon corps se heurte à un tronc d'arbre. J'ai un peu mal, mais aucune blessure apparente. Sonné, je tousse et j'agite la tête.

— Alex, es-tu correct ?

Danika arrive en courant. Elle se met à m'aider à enlever le sable qui s'est infiltré dans mes vêtements.

— Ça ira plus vite si tu te déshabilles et secoues tes jeans.

— Si ça peut te faire plaisir, je veux bien.

— Veux-tu que je te frappe encore ? profère Danika sur un ton badin. De toute façon, j'aime autant regarder ailleurs puisqu'il n'y a pas grand-chose d'intéressant à voir de ton côté.

Cela dit, elle se retourne brusquement. J'encaisse l'insulte et je m'exécute, d'abord en retirant mes souliers, que je vide. Ensuite j'enlève mon tee-shirt et je l'agite vigoureusement. Danika a toujours le dos tourné quand je défais ma ceinture pour faire glisser mon pantalon par terre. Je tourne le vêtement à l'envers. Il y restera sans doute quelques grains de sable. Je baisse un peu mon caleçon pour en faire tomber le sable.

— Oh ! Quelle beauté !

L'exclamation de Danika me fait rougir. Je sais que, sans avoir un corps de mannequin, j'ai pas mauvaise allure. J'ouvre la bouche pour la remercier du compliment quand je me rends compte qu'elle se trouve à quatre pattes, la tête dans l'autre direction.

— Je pense que c'est un *mazaanaatig*.

Je renfile mon pantalon à toute vitesse et je repère ce que Danika contemple, c'est-à-dire une talle de fleurs sauvages avec une tige et des feuilles étroites, vert grisâtre, recouvertes d'un duvet blanc. Cependant, cette découverte m'excite moins que de voir Danika par terre. J'aurais le goût de l'embrasser, même si c'est la fleur qu'elle trouve de toute beauté et pas moi.

— C'est pas un genre de chardon ?

— Oui, le chardon de Pitcher. Mais, dans notre langue, ça s'appelle *mazaanaatig*.

Danika sort son téléphone et se met à photographier la plante sous tous ses angles, tandis que je finis de me rhabiller. Après, je fais comme elle, sauf que je photographie la plus belle des fleurs sans qu'elle s'en rende compte.

— Tu fais ça pour ta grand-mère ?

— Oui. Elle va être contente. D'après elle, cette partie de la forêt contient des plantes spéciales et rares. Elle sait comment toutes les identifier, surtout celles aux propriétés médicinales.

— Toi aussi ?

— Non. Malgré tout le temps que j'ai passé avec ma grand-mère, je n'ai pas encore acquis son talent. Par contre, avec elle, j'ai appris comment devenir invisible dans la forêt.

— Il faudrait jouer à cache-cache pour voir.

— D'accord. Compte jusqu'à dix.

Je me remets de ma surprise pour commencer un décompte à haute voix. J'ai l'impression d'être redevenu un gamin de sept ans. Danika ne pourra jamais se dissimuler en si peu de temps.

— … neuf, dix.

Brusquement, je me retourne. Je cherche mon amie des yeux, mais derrière moi, je ne distingue que les dunes et, devant moi, que des arbres et des buissons. J'avance vers les arbres, toujours à l'affût de Danika. Comment a-t-elle fait pour se volatiliser si rapidement ? Au bout d'une vingtaine de secondes, je m'avoue vaincu.

— C'est bon. T'as gagné.

Quelques secondes s'écoulent, mais Danika ne se manifeste pas. Pourtant, elle doit être juste là.

Je fais quelques pas de plus en regardant attentivement tout autour de moi.

— Là tu me niaises.

J'entends un craquement dans la forêt. Je me précipite dans cette direction, déterminé à débusquer celle qui me taquine. Je ne sais pas combien de chemin j'ai parcouru, mais je me trouve toujours seul. Je tends l'oreille. Encore des bruissements vers ma gauche. Malgré la forêt plus dense, je fonce, bien décidé à mettre fin à ce jeu qui a trop duré.

— Danika, là tu exag…

Je fige. À deux mètres devant moi, un orignal majestueux m'épie de ses gros yeux. Je retiens mon souffle. Il est beau, doté de bois énormes qui font peur. Nous restons immobiles, chacun de notre côté. Se sent-il aussi menacé que moi ? J'en doute.

Soudain, l'orignal secoue sa grosse tête et s'enfonce dans les bois avec une agilité étonnante compte tenu de sa taille et de la végétation touffue. Je me remets à respirer. Une dizaine de secondes passent. Je vais pour retourner aux dunes, mais je ne suis plus sûr de la direction. J'essaye de me repérer. À mes yeux de citadin, les arbres se ressemblent tous. Au bout de quelques minutes, j'en déduis que si je ne suis pas encore arrivé à mon point de départ, c'est parce que je dois être perdu. Je retourne sur mes pas, du moins par où je pense que je suis venu. Je réfléchis à la meilleure façon de me sortir de ce pétrin.

— À quoi tu joues ? C'était pas toi qui étais censé se cacher.

La voix vexée de Danika derrière moi me fait tressaillir.

— Je… Où étais-tu ?

— Cachée. Tu es passé juste à côté de moi.

— Alors, t'as pas exagéré à propos de ton habileté à te fondre dans la forêt. Euh... sais-tu où on est ?

— Dis-moi pas que tu t'es perdu, dit-elle en s'esclaffant. On est à deux pas des dunes.

Elle commence à marcher et, peu après, je suis à la fois soulagé et étonné de retrouver les dunes. Nous entamons le chemin du retour qui me paraît plus long que tout à l'heure. Au moment de remonter dans le pick-up, je pose la question que j'avais presque oubliée.

— As-tu vu l'orignal ?

— Quel orignal ?

— Je suis tombé dessus en te cherchant. Je te gage que c'est le même qu'hier.

— Si oui, c'est un signe.

— De quoi ?

Pour toute réponse, Danika allume le moteur. Tandis que nous roulons, une autre question qui me chicote me revient à l'esprit.

— Ta grand-mère a dû connaître mes grands-parents ?

— Oui, elle m'a déjà parlé d'eux.

— Puis ?

— Il paraît que ta grand-mère avait une belle voix.

— C'est tout ?

Je me dis que Danika doit en savoir plus mais, pour une raison ou pour une autre, elle hésite. J'essaye de l'encourager.

— Je sais que ma mère s'entendait pas avec eux.

— C'est peut-être en partie parce qu'ils ne croyaient pas en ses rêves. Dans le temps, c'était sans doute difficile d'imaginer qu'une jeune fille pouvait partir de Rivière-Ahmic et faire carrière en musique. Le plus triste, c'est qu'ils sont morts sans avoir vu sa montée.

— Ni sa débarque.

Danika ne dit rien, mais son silence est éloquent. Elle trouve que je suis dur. Si elle avait raison ?

Une heure plus tard, quand elle me dépose devant L'écho vert, je l'invite à entrer. Elle refuse sous prétexte qu'elle a vraiment hâte de montrer ses photos à sa grand-mère. Déçu, je n'insiste pas, mais je lui fais remarquer qu'en principe, ma mère et moi repartons le lendemain.

Cette nouvelle atténue l'enthousiasme de Danika pour ses plantes. Je m'en réjouis.

— Même si on récupère notre voiture demain, on n'est pas obligés de partir. Je vais en parler à ma mère. Peut-être que je peux la convaincre de rester encore un jour ou deux.

— J'espère que tu réussiras. De toute façon, tu m'appelles ?

— Oui. On va au moins se revoir avant mon départ.

Je descends du pick-up. Danika me fait un geste de la main.

— À demain.

En prononçant ces mots, je suis très loin de savoir que notre prochaine rencontre sera bien différente de celle que j'envisage.

PARTIE II

Danika

CHAPITRE 14

Je peux t'accompagner ?

Un beau souvenir de cet après-midi.

Je regarde la photo de moi, prise par Alex à mon insu, et qu'il vient de me texter.

Je le trouve quand même un peu étrange. Un beau garçon, intéressant, mais je ne suis pas sûre de ce que j'éprouve pour lui. Je veux bien être son amie, mais plus que ça... De toute façon, la question ne se pose pas encore. Je le connais à peine. Cependant, j'ai le goût de le connaître davantage.

– Danika, viens manger !

À l'invitation de mon père, je descends de ma chambre à la cuisine où lui, mes deux frères et ma grand-mère sont déjà attablés. Tout le monde engloutit son souper, sauf ma grand-mère, qui mastique lentement. Ce n'est pas un hasard si sa digestion et sa santé demeurent bonnes. Depuis la mort de maman, elle passe beaucoup de temps chez nous même si elle habite dans la réserve juste à côté tandis que ma famille vit à Rivière-Ahmic. J'ai donc souvent l'occasion de l'observer. Elle fait tout posément et prend le temps de parler entre les bouchées.

— Je m'inquiète pour Fleur Monague.

Même si le commentaire sort de nulle part, personne n'est surpris. Ma grand-mère dit toujours ce qui lui passe par la tête au moment où ça passe. Par contre, je suis la seule à réagir.

— Pourquoi ?

— Si elle ne répond pas à l'appel de l'Esprit des sables, elle restera perdue.

Papa et moi considérons Suzanne, qui a l'air très sérieuse.

— Peut-être qu'elle va écrire une chanson à propos de Rivière-Ahmic.

Mon père, militant du comité contre le projet d'exploitation forestière d'OntFor, a prononcé cette phrase sur un ton sarcastique. La nouvelle de la décision du juge contre David s'est répandue comme une traînée de poudre et a suscité une grosse vague de découragement, sauf chez ceux qui appuient OntFor.

Mon téléphone sonne. En m'éloignant, je me surprends à espérer que c'est Alex. Je suis un peu déçue quand j'entends la voix de Roxanne Charpentier, la journaliste, au bout du fil. Elle voudrait m'interviewer en tant que porte-parole du groupe de jeunes contre le projet forestier et connaître ma réaction à l'échec de David. Elle m'invite donc à faire un tour aux locaux de la station de télévision demain matin à 10 heures. J'accepte et je raccroche. Si Alex m'appelle pour me donner rendez-vous, il devra attendre un peu.

* *
*

La Yaris de Fleur est toujours stationnée devant le garage de Gus Gaudreault. Je suis tentée de m'avancer pour voir si Alex et sa mère sont là. Mais je n'ai pas le temps. J'ai déjà cinq minutes de retard pour ma rencontre avec Roxanne. De toute façon, si Alex ne m'a pas téléphoné et s'il part avant de me revoir, tant pis pour lui.

Alors, je poursuis ma route au pas de course pour aboutir aux locaux de la station de télévision où la journaliste m'accueille et me guide jusqu'à un studio, une petite pièce où deux chaises sont installées devant une caméra. On prend place et Roxanne, après avoir précisé les questions qu'elle va me poser, met l'appareil en marche.

— David Leblanc et le comité de défense des dunes ont épuisé tous leurs recours. Quelle est la prochaine étape ?

— David a mené cette lutte pour toute la communauté en s'exposant à des risques personnels énormes. On doit le soutenir.

Bien qu'elle conserve son impartialité journalistique depuis le début de ce conflit, j'ai la forte impression que Roxanne nous appuie. Je donne libre cours à mon indignation.

— Ce qui se passe n'est pas du tout juste. Nous sommes dans un combat de David contre Goliath. Tout le monde sait que l'étude d'impact environnemental n'a pas été menée correctement.

Je me penche pour sortir mon téléphone et lui montrer mes photos du chardon de Pitcher, lorsque Roxanne me désarçonne avec une question inattendue.

— Maintenant qu'il a échoué devant les tribunaux, crois-tu que David Leblanc va entraîner les gens de Rivière-Ahmic dans une action directe contre OntFor ?

— Qu'est-ce que vous voulez dire ?

— Il a déjà fait de la prison.

— On l'a condamné pour un crime ?

Roxanne a la gentillesse d'arrêter la caméra et de transformer l'entrevue en conversation.

— Le cloutage d'arbres.

J'ouvre la bouche pour lui demander de quoi elle parle, mais Roxanne se lève et répond à son téléphone qui a dû vibrer. La journaliste fait une drôle de tête, comme si elle essayait d'absorber une information qui n'a pas de sens.

— Mais voyons, tu ne peux pas…

Elle remet son téléphone dans sa poche. Son interlocuteur a dû lui raccrocher au nez.

— Il faut que j'y aille.

— Qu'est-ce qui se passe ?

— David Leblanc me demande de me rendre à sa pourvoirie. Il va faire une action d'éclat et il veut que les médias en témoignent.

Je mets plusieurs secondes à revenir de mon étonnement.

— Je peux t'accompagner ?

CHAPITRE 15

L'occasion d'apprendre
à le connaître davantage

— Vous n'avez pas d'affaire ici. Allez-vous-en!

L'agent de la Police provinciale de l'Ontario, Jean Trudeau, gesticule tout en nous barrant la route. Roxanne et moi échangeons un regard de complicité.

— Qu'est-ce qui se passe au juste?

Roxanne a fait un signe à peine perceptible vers Jeff, son cadreur, qui a épaulé sa caméra. Trudeau se tient debout devant sa voiture garée à une vingtaine de mètres du perron du chalet, de façon à en bloquer l'accès. Son acolyte, Benoît Paquette, positionné de l'autre côté de l'autopatrouille, a son revolver à la main.

— Nous avons une situation potentiellement dangereuse ici, donc on ne veut pas que les gens s'approchent...

— C'est David et Fleur!

J'ai interrompu Trudeau en voyant l'homme et la femme franchir le seuil du chalet. Je n'en crois pas mes yeux. David tient une carabine dans le dos de Fleur et la pousse devant lui.

— Bougez pas et personne sera blessé! crie-t-il.

Trudeau se retourne brusquement et dégaine son arme.

— David, calme-toi. Dépose ton fusil.

— Il l'a vraiment fait… marmonne Roxanne. Jeff, filme tout ce que tu peux!

Le cadreur s'approche prudemment, malgré les exhortations de Trudeau. Paquette, comme son chef, pointe son revolver en direction de David et Fleur qui ont cessé d'avancer.

— Je tiens Fleur et son fils en otages. Je… je veux…

La carabine dans ses mains tremble tellement que, même s'il tirait sur Fleur à bout portant, je doute fort qu'il toucherait sa cible. Il est si énervé qu'il cherche ses mots.

— Je… je veux que… que le gouvernement de l'Ontario…

— Il exige que le gouvernement décrète un moratoire sur la coupe de bois ici, intervient Fleur, d'une voix légèrement chevrotante.

— Je veux aussi qu'il s'engage à mener une nouvelle étude d'impact de l'exploitation forestière sur l'environnement, ajoute David, qui retrouve la parole.

J'entends Paquette chuchoter à son supérieur.

— J'ai David dans ma mire, pas d'obstacle. Je peux le descendre avant qu'il puisse tirer.

— Non, répond Trudeau sans hésiter. Je veux pas de sang.

Ensuite, il lève la voix pour reprendre le dialogue.

— Lâche-la, David, et je te promets qu'on va parler sérieusement du moratoire.

David murmure quelque chose à son otage avant de déclarer :

– Je retiendrai Fleur et son fils tant que la compagnie et le gouvernement n'accepteront pas formellement mes conditions.

– David, fais pas le fou ! Libère tes otages.

– Il est sérieux. Transmettez ses demandes tout de suite !

Fleur, la voix amplifiée par la panique, a perdu contenance. Elle et son agresseur commencent à reculer lentement vers la porte.

– David, arrête ! Il faut que tu nous parles.

Le principal intéressé ignore l'appel de Trudeau et, en un clin d'œil, a reconduit Fleur à l'intérieur. Dépité, Trudeau donne des ordres à son collègue.

– Appelle le poste et dis-leur qu'on a un code rouge.

Le policier se retourne vers nous.

– Quittez les lieux tout de suite, pour votre propre sécurité.

– Que comptez-vous faire maintenant ?

Trudeau fixe la caméra et ensuite le micro que Roxanne tend vers lui. Subitement, il adopte le ton posé d'un porte-parole.

– Nous allons tout faire pour assurer la protection des gens à l'intérieur. Je vais tenter de négocier la meilleure résolution possible à cette crise. Nous demandons au public de se tenir loin afin d'éviter d'autres problèmes.

Un bruit de véhicules se fait entendre derrière nous. Une autre voiture de la Police provinciale arrive sur les lieux, suivie d'un pick-up et de deux automobiles. Je reconnais des membres de la réserve et du Comité de défense de l'Esprit des sables, qui descendent des voitures.

— De toute évidence, je ne suis pas la seule que David a prévenue, observe Roxanne.

Deux policiers rejoignent Trudeau qui leur indique d'établir un périmètre de sécurité à quelques centaines de mètres du chalet et de garder les gens en dehors de cette zone. Avant de me faire éloigner par Paquette, je jette un dernier coup d'œil vers le chalet. À une fenêtre, je distingue le visage d'Alex. Il me salue rapidement de la main avant de disparaître.

Roxanne se met au téléphone :

— Oui... C'est une prise d'otages. Jeff et moi pouvons faire du direct.

— On est avec toi, David! crient trois jeunes hommes, des Autochtones, avant de se faire reconduire par des policiers de l'autre côté du ruban jaune qu'ils viennent d'installer.

Parmi les personnes qui se regroupent à l'entrée de la pourvoirie pour suivre le déroulement du drame, je découvre ma grand-mère.

— Ton ami Alex a trouvé moyen de prolonger son séjour parmi nous, constate-t-elle.

À bien y penser, même s'il reste, je crains de ne pas avoir l'occasion d'apprendre à le connaître davantage.

CHAPITRE 16

Il se réjouit de la tournure
des évènements

Un hélicoptère ! Ici, on n'a jamais vu d'appareil comme celui qui survole L'écho vert en ce moment. Trois immenses lettres jaunes, OPP, recouvrent le ventre du gros corbeau noir qui croasse de manière encore plus bruyante et désagréable qu'un véritable oiseau. Il fait un cercle et repart. S'agit-il d'une mission de reconnaissance ou d'un déploiement de force ? Veut-on intimider David Leblanc ou rassurer Fleur et Alex ?

Le ciel redevient calme et mon regard se concentre à nouveau sur mon entourage immédiat. J'ai l'impression d'halluciner, l'ambiance est surréaliste. Vingt-quatre heures après le déclenchement de la prise d'otages, le nombre de policiers autour de la baraque a triplé. Armés jusqu'aux dents, ils portent des vestes pare-balles et, dans certains cas, des casques noirs qui ont l'air de sortir de *La Guerre des étoiles*.

Je me promène dans le camp de soutien organisé à la hâte à une cinquantaine de mètres du périmètre de sécurité, juste à la limite du terrain de la pourvoirie. Nous sommes une trentaine maintenant, pour la plupart des hommes et des femmes de la réserve, comme mon oncle Paul, mais aussi quelques Blancs de Rivière-Ahmic. Un feu brûle en permanence et trois jeunes ont sorti des tambours qu'ils battent au rythme de leur chant.

On dirait un *pow-wow*, mais avec deux grandes différences. Primo, l'absence de vêtements cérémoniels et secundo, la présence de journalistes. Roxanne Charpentier n'a plus l'exclusivité. En effet, une dizaine de ses collègues de la presse et de la télé sont sur place pour suivre le fil des évènements, même si, à vrai dire, il n'y en a pas.

Jean Trudeau a bien essayé de nous chasser des lieux. Finalement, il s'est résigné à notre présence quand ceux que les journalistes ont baptisés les « manifestants écologistes autochtones » ont menacé de déclencher un autre incident si on leur refusait le droit de manifester pacifiquement sur le terrain privé de leur ami David, qui les a invités à le faire. Ils veulent témoigner de leur appui pour sa cause, même s'ils condamnent son geste extrême.

D'ailleurs, je suis étonnée que ce soit toujours l'agent local de la Police provinciale qui dirige les opérations et non pas une équipe expédiée du Sud. Trudeau a communiqué par téléphone avec David à quelques reprises. Toutes les deux heures, il improvise un point de presse. La dernière fois, il a dit que les revendications de David avaient été relayées à OntFor et au gouvernement provincial et que lui-même avait transmis leur réponse au ravisseur. Les deux instances dénoncent son action et refusent de négocier avec lui tant qu'il n'aura pas libéré ses otages. En réponse à une question d'un journaliste, à savoir si l'une ou l'autre était disposée à accéder aux conditions de David, Trudeau a indiqué que toutes deux y opposaient un refus catégorique tant que des vies demeuraient en danger.

En me servant des connaissances apprises de ma grand-mère, je profite du grand boisé de la pourvoirie pour me glisser ici et là sans être vue des gendarmes. J'ai donc pu m'approcher de l'action, si on peut appeler « action » cette impasse où rien ne se passe. Dissimulée derrière des arbres, tout près des policiers, j'observe la scène sans être détectée. Paquette occupe un endroit stratégique, d'où il fait le guet en compagnie d'un collègue avec qui il discute ferme.

— T'as vu la gang de *sauvages* qu'on a sur les bras maintenant ? Si le boss m'avait laissé tirer hier, on n'en serait pas là.

J'ai le sang qui bouillonne de rage. Je m'éloigne avant de me mettre à lancer des insultes à mon tour. De retour au camp, je vois mon oncle Paul, en tête-à-tête avec des jeunes Blancs que je ne reconnais pas. Il me fait signe. La tenue délabrée-soignée de ces gens dans la vingtaine, leurs chemises à carreaux, leur barbe et leurs cheveux coiffés-décoiffés, me porte à croire que ce sont des *hipsters* venus de l'extérieur, probablement d'une grande ville. Quand j'arrive en face de lui, mon oncle me présente les nouveaux venus.

— Ce sont des écologistes venus nous appuyer.

Un des *hipsters* tend un thermos de café à mon oncle qui s'en verse une tasse.

— Vous autres, les écolos, vous êtes bien contents de nous voir faire votre travail pour vous, dit-il, mi-figue mi-raisin.

Celui qui se présente comme Ryan réplique en riant.

— Disons qu'on a des intérêts communs. C'est juste dommage que David Leblanc en soit là. On peut appuyer son but, mais pas sa méthode.

— Je peux vous citer ? demande un journaliste, debout de l'autre côté du feu, stylo et calepin à la main.

— Ouais. Absolument.

Paul me tend la pancarte qu'il tenait contre sa jambe.

— Tiens. Je l'ai sortie de mon garage. Elle peut toujours servir. Si tu brandis ça, t'es sûre de passer à la télé.

L'affiche montre le visage d'un homme et le slogan : « Souvenez-vous d'Ipperwash ». J'enfile la corde par-dessus ma tête pour faire pendre la photo devant moi.

— L'homme sur votre pancarte, c'est votre chef ?

La question du journaliste suscite une colère qui embrase les yeux de mon oncle. Avant qu'il n'ouvre la bouche, je réponds posément.

— C'est Dudley George, un Chippewa abattu en 1995 par la Police provinciale de l'Ontario. Il essayait de protéger des terres et un ancien cimetière de sa nation au bord du lac Huron.

— Alors, pour vous, la situation ici ressemble à celle d'Ipperwash ?

— Oui, avec une grande différence, décoche mon oncle Paul. Cette fois, celui que la police risque de tuer est un Blanc.

— Qui s'appelle même Leblanc, relève Ryan, non sans une pointe d'ironie.

— En fait, ajoute mon oncle avec un rictus, je dirais que si notre Leblanc s'appelait Lerouge et

Otages de la nature

avait la couleur de peau correspondante, la police aurait déjà changé son nom à Lemort.

J'ai l'habitude de l'humour noir de Paul qui laisse le journaliste et Ryan interdits. Plus personne ne parle, sauf les tambours que les jeunes battent toujours frénétiquement. Voilà qu'un crépitement de pneus sur le gravier attire l'attention de tout le monde. Une grosse Jeep Cherokee s'arrête à quelques mètres et Chuck Desroches en descend. Tandis qu'il avance à grands pas, ses yeux détaillent le camp et sa mine s'assombrit.

— C'est lui qui peut vous dire pourquoi OntFor veut pas négocier avec David, laisse échapper Paul.

Les journalistes se ruent vers Desroches, mais il balaye leurs questions du revers de la main et poursuit sa route jusqu'au ruban jaune où l'agent en faction le laisse passer.

Discrètement, je dépose ma pancarte pour aller me fondre dans les arbres. Avec mille précautions, je pénètre dans le périmètre de sécurité et me faufile à proximité de la voiture de police où Trudeau, appuyé contre le coffre arrière, s'entretient avec Chuck Desroches.

— Laisse-moi parler à cet écervelé.

Il gueule assez fort pour que je l'entende, malgré les quelques mètres qui nous séparent. Trudeau répond sans baisser le volume.

— Pas question. Tu vas juste l'énerver encore plus.

— Ben, voyons donc, Jean ! Je peux le calmer.

— Ah oui ? Tu vas lui dire que la compagnie cède à ses demandes ?

— Non. Seulement qu'on est prêt à le faire s'il relâche Fleur et Alex. Je le connais, il est assez désespéré qu'il mordra à l'appât. Il avalera même la ligne au complet.

— Y t'croira pas! lui balance le policier. Ça va le mettre hors de lui.

— Alors tu refuses?

— C'est moi qui décide ici.

J'ai l'impression d'observer deux orignaux engagés dans un duel pour une femelle en rut.

— Mon patron connaît bien le tien, dit Desroches, après avoir marqué une longue pause.

— Je tiens le chef de l'OPP au courant de tout ce qui se passe ici.

— Si ça finit mal, c'est ta tête qui tombera, crache Desroches en virant sur ses talons.

Je remarque alors le sourire narquois sur le visage de Trudeau. Il est vraiment tordu ce flic. Juste au moment où je me tourne pour regagner le camp, Paquette arrive à sa hauteur.

— Les maudits journalistes veulent te parler.

— Dis-leur que j'irai les voir tout à l'heure.

— C'est une bande de vautours! Ils arrêtent pas de nous achaler.

— T'as raison, approuve Trudeau. On pourrait bien s'en passer.

Paquette part transmettre le message de son supérieur. Trudeau pivote vers moi et me fait face. Je discerne clairement son expression de satisfaction. Je n'arrive pas à le croire, mais je commence à penser qu'il se réjouit de la tournure des évènements.

CHAPITRE 17

Ou va perdre la vie

Même si c'est ennuyant à mort, j'ai décidé de maintenir le guet. L'impasse ne peut pas se prolonger indéfiniment. Il me faut attendre encore une bonne heure pour que ma patience soit récompensée. Trudeau se met à composer un numéro sur son téléphone.

— David, je veux voir Alex pour m'assurer qu'il va bien. Sors avec lui. Mes hommes ne bougeront pas.

Trudeau raccroche. Les policiers, les armes toujours à la main, se raidissent. Serait-ce un piège ?

Après une minute qui paraît pas mal plus longue, la porte du chalet s'ouvre pour laisser passer la forme svelte d'Alex. Derrière lui, presque complètement caché, David pousse son otage avec le canon de sa carabine.

— Tu le vois, Trudeau ? T'es content, là ?

Le policier avance d'un pas, les mains en l'air. Accroupi derrière l'autopatrouille, l'arme braquée en direction du ravisseur, Paquette chuchote :

— Je l'ai dans ma mire, *boss*. J'peux pas le rater.

Trudeau l'ignore et fait un autre pas.

– C'est bon, David. Je sais que tu ne veux pas faire de mal à qui que ce soit. Pourquoi tu ne relâches pas au moins un de tes otages ?

Tout en parlant, il s'est encore rapproché.

– Reste où tu es. Toi, et tes hommes aussi. J'ai une dizaine de pièges à mâchoires tendus autour de la maison.

– Il est sérieux ! s'exclame Alex, d'une voix hésitante.

Les mains toujours levées, Trudeau a encore légèrement avancé.

– Je t'ai dit de pas bouger ! s'écrie David, en agitant les bras. Sa carabine pointe maintenant dans les airs. Soudain, un coup de feu part de son arme.

– Ne tirez pas ! hurle Trudeau.

La peur cloue David et Alex sur place. Craignent-ils un orage de balles ? Enfin, Alex se rue vers la porte et David, avec une seconde de retard, se précipite derrière lui. Son dos est une cible facile.

– Ne tirez pas ! répète Trudeau.

David a-t-il déchargé son arme accidentellement ou pour apeurer les policiers ? Trudeau retourne vers son véhicule.

– On l'avait. T'aurais dû nous laisser l'abattre !

Encore une fois, Trudeau ignore Paquette.

– Je vais aller parler aux médias et rassurer tout le monde, déclare-t-il à la ronde.

Il marche vite, car le temps que je regagne le camp, il y est déjà, en train de fournir des explications aux journalistes.

– Le ravisseur a tiré en l'air. Personne n'a été touché.

— Les négociations avec David Leblanc sont-elles rompues ?

La question vient d'un jeune collaborateur du *Toronto Star* en poste dans le Nord.

— Pas du tout, répond Trudeau. Nous gardons les communications ouvertes. Nous cherchons toujours à obtenir une résolution entièrement pacifique de cette crise.

— Même si ni OntFor ni le gouvernement n'ont mis sur la table de quoi faire avancer les négociations ?

L'interrogation de Roxanne Charpentier vexe Trudeau.

— Je ne peux transmettre que les informations que je reçois.

— C'est vrai que David Leblanc a un casier judiciaire pour avoir fait du cloutage d'arbres ?

— C'est un fou dangereux ! balbutie Paquette, debout à côté de son chef et incapable de se retenir devant cette nouvelle intervention du reporter du *Star*.

— Nous n'avons rien d'autre à vous dire pour l'instant, déclare Trudeau en foudroyant son subalterne d'un regard glacial.

Les deux policiers s'éloignent même si les journalistes continuent à les interroger. Je pose ma propre question à mon oncle Paul.

— C'est quoi, le cloutage d'arbres ?

— Une façon de protéger la forêt des bûcherons.

Mon oncle me décrit comment des militants environnementalistes plantent des gros clous en fer dans des arbres destinés à être coupés.

— Les clous, sans nuire à l'arbre, sont invisibles si on ne les cherche pas. Or, quand la lame d'une tronçonneuse heurte le clou, ça endommage la machine… Et potentiellement le bûcheron, s'il y a des éclisses de fer.

— Alors, c'est dangereux ?

— Ça peut l'être.

— David aurait fait ça ?

— Et de la prison. Mais c'était il y a très longtemps, il était bien jeune. Depuis, il a renoncé à ce genre d'action directe.

Cette révélation me trouble. Je suis contre la violence. Avant que je puisse signaler à mon oncle que prendre des otages, c'est de l'action plus que directe, Roxanne se pointe.

— Vous avez un commentaire par rapport à ce dernier évènement ?

— Ouais. Trudeau est en train de vous niaiser, avance mon oncle Paul. Il sait bien que David ne ferait pas de mal à Fleur.

— Je ne comprends pas à quoi Trudeau joue, s'exaspère Roxanne.

— Il n'a même pas laissé Chuck Desroches parler à David, ne puis-je m'empêcher d'ajouter.

— Comment tu sais ça ?

— Danika, c'est la petite-fille de Suzanne, note tout simplement mon oncle qui rigole doucement.

— Alors c'est peut-être ça son jeu ! s'exclame-t-elle. Dans le fond, cette crise fait bien son affaire.

— Plus elle dure, renchérit Paul, plus il se fait remarquer par ses patrons.

— Mais il joue avec le feu. Plus ça se prolonge, plus il y a le risque que…

Roxanne ne complète pas sa pensée.

— Que quelqu'un va perdre patience ou… ajoute mon oncle sans achever sa phrase lui non plus.

Dans ma tête, je devine ce qu'il allait dire : « Ou va perdre la vie. »

CHAPITRE 18

Je doute de pouvoir dormir

J'ai repris mon guet, mais cette fois je suis munie des bonnes longues-vues que Paul m'a passées. La nuit va bientôt tomber et il sera alors temps d'abandonner mon poste. Ma grand-mère prendra la relève. Il n'est pas question de laisser les surveillants sans surveillance.

Armé maintenant d'une carabine ultra-performante dotée d'une lunette de visée spéciale, Paquette a les allures d'un enfant excité par son nouveau jouet. On n'entend plus le battement du tambour du camp. Un silence sinistre s'est installé. Soudain, le son très faible d'une musique parvient à mes oreilles. Je me concentre pour mieux l'entendre et en identifier la source : une radio ou un lecteur CD, à l'intérieur du chalet de David. Le volume monte d'un cran. Je suis encore plus étonnée quand je reconnais l'air, une chanson de Fleur Monague.

Je ne suis pas la seule à l'entendre, car certains des policiers s'agitent. Paquette tape l'épaule de son chef et fait un geste en direction de la maison. Trudeau saisit des jumelles.

Je l'imite et je découvre une fenêtre de la maison où le rideau n'est pas complètement tiré.

J'ajuste le foyer de mes longues-vues pour me permettre de voir à l'intérieur. Je dois halluciner, car je distingue David Leblanc qui danse, collé contre Fleur Monague! Qu'est-ce que ça veut dire? Le ravisseur n'a pas juste baissé sa garde, il se détend avec son otage.

Je reporte mes jumelles sur Trudeau. Ses lèvres se crispent en un sourire satisfait. J'entends Paquette lui demander ce qu'il voit.

— Rien, ment Trudeau.

Incrédule, Paquette épaule son arme et regarde à travers sa lunette.

— Ah! Ben ça!

Je braque à nouveau mes longues-vues sur la fenêtre. Maintenant, je discerne David, seul sur un sofa. Sans réfléchir, je change brusquement la position de mon pied endormi et fais alors craquer une branche. Trudeau sursaute et commence à se diriger vers moi. Si je me mets à courir, je serai repérée. Si je reste là, le policier va me débusquer.

— Il est tout seul. Je l'ai dans ma mire. Je suis sûr de l'avoir.

— Pas le moment, marmonne Trudeau.

— D'accord, c'est le moment, répond Paquette, qui a soit mal entendu, soit entendu ce qu'il voulait.

Quand je constate qu'il va tirer, un cri étouffé jaillit de ma bouche. La main de Trudeau atteint l'épaule de l'autre policier en même temps que le coup de feu résonne.

— Gardez vos positions! Pas de tirs! hurle Trudeau. Maudit imbécile! ajoute-t-il à l'intention de Paquette, qui a l'air dépité.

Tous les yeux se posent sur la maison et la fenêtre éclatée par un trou de balle. D'un geste rapide, quelqu'un tire le rideau pour le fermer complètement. La musique a cessé.

Trudeau pianote fébrilement sur son téléphone.

— Est-ce que…

La voix à l'autre bout du fil doit être en train de débiter un flot de récriminations, car Trudeau essaye à quelques reprises de placer un mot, sans succès. Finalement, le policier réussit à se faire entendre.

— Calme-toi, David. C'était un accident. L'essentiel, c'est que personne n'ait été touché.

Je soupire de soulagement. Vite, j'en profite pour m'éclipser avant que Trudeau ne se souvienne du bruit suspect. De plus, je veux retrouver ma grand-mère et mon oncle qui doivent bien se demander ce que signifie ce nouveau coup de feu.

Peu après, je suis à leurs côtés en train de leur raconter ce que j'ai vu.

— Au moins personne a été blessé ou tué, dis-je pour conclure.

— Pas encore, fait remarquer Paul.

Trudeau surgit à quelques mètres de nous et se fait immédiatement encercler par les journalistes. J'essaye d'imaginer quelle sera sa version des faits. Ma grand-mère, qui était assise, se lève lentement.

— Paul, ramène Danika à la maison.

Je trouve son air subitement énigmatique.

— Mais qu'est-ce que ça veut dire, grand-mère ?

— Que le danger pour Fleur provient de l'extérieur et non de l'intérieur.

Sans offrir de précisions, elle se déplace jusqu'au tambour pour mêler sa voix au chant qui vient de reprendre. Je pars avec mon oncle. Même si je suis complètement crevée, je doute de pouvoir dormir.

CHAPITRE 19

Nous ne retournons pas au camp

Ce matin, dès la première heure, je suis revenue au camp, où j'ai retrouvé ma grand-mère. Je m'étonne qu'après avoir passé la nuit à surveiller les policiers, elle paraît plus fraîche et dispose que moi.

— À quoi as-tu rêvé ?

Sa question me déroute, car je suis plutôt sceptique en ce qui concerne les croyances liées aux rêves.

— À rien. J'ai mal dormi.

Si elle a deviné que je mens, du moins au sujet de ma première affirmation, elle ne le laisse pas paraître. En fait, dans un rêve bizarre, j'ai vu Fleur et David en train de danser au sommet de l'Esprit des sables. Au bas de la dune, Alex suppliait sa mère de descendre. Ensuite, un faucon pèlerin géant est passé au-dessus de Fleur qui s'est alors élancée dans le ciel pour s'agripper à l'oiseau.

— Ici, il ne s'est rien passé au cours de la nuit ?

— Non.

— Je vais aller reprendre le guet. Tu peux aller te reposer.

— Je vais t'accompagner. Je sens que, bientôt, on aura besoin de moi.

Je sais qu'il est futile d'argumenter avec ma grand-mère. Ainsi, en silence, nous nous fondons dans le paysage pour avancer vers la maison cernée. Parvenues à la zone occupée par la police, nous trouvons un point d'observation. J'éprouve de la difficulté à ne pas jaser avec Suzanne. De temps en temps, nous échangeons des regards. À un moment donné, je pointe le doigt vers un policier qui a l'air de somnoler. Ma grand-mère m'en indique un autre en train de se peigner en se mirant dans le rétroviseur extérieur d'une autopatrouille.

Soudain, je reconnais la voix de Chuck Desroches.

— Trudeau! Il faut que je te parle.

Il s'amène d'un pas pressé, un agent à ses côtés. Chuck n'est pas juste de mauvaise humeur comme hier, mais carrément sur le point d'exploser. Il se plante devant Trudeau.

— J'ai entendu les nouvelles ce matin. T'as failli tuer quelqu'un.

— Une erreur qui ne se répétera pas, se défend l'autre, en minimisant la gravité de l'incident. J'ai donné des ord...

— On s'en fout! Tu te rends compte de la mauvaise publicité que tu nous fais?

— Ça, c'est pas mon problème.

— Chaque seconde de plus à cette crise en fait notre problème à tous les deux. Je veux absolument m'entretenir avec David.

— Je t'ai déjà expliqué que...

— Tes conneries ont assez duré!

D'un pas décidé, Chuck avance vers la maison. Trudeau essaye de le retenir, mais Desroches l'écarte avec son bras et le policier tombe sur les genoux.

— David, sors de là! La compagnie est prête à discuter.

Desroches se met à courir. Son action imprévue surprend les agents qui ne peuvent que le regarder aller.

— Aïe!

Le cri de douleur fend l'air. Chuck s'est arrêté net devant les marches du perron.

— Gardez vos positions! ordonne Trudeau qui, de toute évidence, tente d'évaluer la situation et de déterminer l'action qui s'impose.

— Ma jambe est prise dans un christi de piège! se plaint Chuck.

Voilà que la porte s'ouvre et Alex bondit hors de la maison pour aller s'agenouiller à côté de lui.

— Restez où vous êtes si voulez pas d'autres blessés, énonce calmement la voix sonore de David Leblanc depuis l'intérieur, où il est sans doute caché à côté de la porte.

— Gardez vos positions, hurle Trudeau. Alex, poursuit-il, aide Chuck et amène-le ici!

Alex défait les mâchoires du piège et passe le bras de Chuck autour de ses épaules. Plutôt que s'éloigner de la maison, il aide le blessé à monter jusqu'au perron.

— Alex, arrête!

Le jeune homme ignore le commandement et, le temps de le dire, la porte se referme sur Chuck et lui. Trudeau lance un coup de pied contre sa voiture en poussant un juron. Il prend une grande respiration, le temps de retrouver son calme. Puis, il sort son téléphone.

– David, laisse Chuck partir. Il lui faut des soins. David… Osti !

On vient sans doute de lui raccrocher au nez. Il compose de nouveau.

– Oui, chef. Il y a du nouveau et rien de bon.

La suite de la conversation entre Trudeau et son supérieur promet d'être intéressante. Décidément, la situation lui échappe.

Mais, voilà que ma grand-mère me tire par la manche et me fait signe de la suivre. Très lentement, nous quittons notre poste d'observation. L'expression mystérieuse de Suzanne me dit qu'elle a un projet en tête. J'ai hâte qu'on soit assez loin des policiers pour qu'elle puisse me le révéler.

Je la talonne et, à ma grande surprise, je constate que nous ne retournons pas au camp.

PARTIE III

Alex

CHAPITRE 20

J'ai déposé mon arme

Mon cœur pompe tellement d'adrénaline dans mes veines que la vapeur doit me sortir par les oreilles.

— Amène-le au sofa! ordonne ma mère.

Elle doit être aussi soulagée que moi par la fin heureuse de mon escapade insensée. J'étais posté à la fenêtre quand j'ai vu Chuck s'élancer vers le chalet et tomber dans le piège. J'ai agi sans penser en me précipitant à son secours. Est-ce que j'ai bien fait?

Il s'appuie contre moi pour boiter jusqu'au sofa sans arrêter de se lamenter comme un bébé. Il s'étend sur le divan. La jambe gauche de son jean bleu est devenue rouge sang.

— Tes vieux pièges fonctionnent toujours.

— J'espère que personne va se prendre dans les deux autres, marmonne David. Qu'est-ce que je vais faire avec ce con-là? Le ligoter, je suppose.

— Il faudrait plutôt le soigner, propose ma mère en manipulant la jambe blessée de Chuck qui hurle de douleur. Alex, va chercher des serviettes et quelque chose pour couper le pantalon.

Je pars vers la salle de bains quand David me barre la route.

— Il mérite pas qu'on le soigne !

La sonnerie du téléphone nous fait sursauter. David décroche, la main tremblante. On peut tous entendre Trudeau, tellement il parle fort.

— Laisse Chuck partir. Il est blessé ! Il lui faut des soins !

David raccroche sans rien dire. Chuck crie encore.

— Sa jambe est peut-être cassée, déclare Fleur.

— Il y a une trousse de premiers soins dans la salle de bains, mâchonne David, en allant s'écraser dans un fauteuil.

Je cours chercher la trousse, trois serviettes et un ciseau. Je rapporte le tout pour le déposer aux pieds de ma mère. Soudain, une sonnerie de tronçonneuse résonne dans le salon. Nous dévisageons tous Chuck qui sort son téléphone de sa poche. Avant qu'il puisse répondre, David se lève, saisit l'appareil et l'éteint.

— Avec lui sur les bras, il faut changer de plan, ronchonne-t-il.

— Tu veux faire quoi alors ?

David fuit le regard de ma mère et se rassoit.

— Je ne sais pas… Rendre les armes.

— Tout lâcher, si près du but ?

— Mais qu'est-ce qui se passe ici ? Vous jouez à quoi ?

David et ma mère ignorent la question de Chuck.

— Sais-tu vraiment ce que représentent les dunes ? demande-t-elle. Elles sont sacrées et habitées par l'Esprit des sables. Je l'ai senti quand j'y étais. Il m'a parlé.

Nous regardons tous Fleur comme si elle déraillait. David s'énerve.

— Avant, je risquais d'être accusé de méfait public pour avoir tramé une fausse prise d'otages. Maintenant, je pourrais faire face à une lourde peine de prison.

— David a raison pour une fois, déclare Chuck en grimaçant de douleur. Il faut arrêter ce cirque dangereux.

— On ne peut pas abandonner la partie avant d'avoir sauvé les dunes, proteste ma mère.

— En fait, maintenant qu'on a Chuck, le gouvernement et OntFor vont tous les deux vouloir négocier.

Ma constatation suscite un moment de réflexion chez les autres, interrompu par des bruits à la porte arrière. D'un bond, David se met debout et, affolé, place les mains derrière la tête.

— Ne tirez pas. J'ai déposé mon arme.

CHAPITRE 21

Ce qui va se passer maintenant

À notre grande stupéfaction, ce ne sont pas des policiers qui investissent la pièce, mais Suzanne et Danika.

— Vous avez besoin de moi, énonce la première, simplement.

David baisse les bras.

— Mais, comment...

— On connaît l'endroit mieux que la police, fait Danika avec un sourire moqueur. On les a contournés pour entrer par derrière.

L'aïeule se rend auprès de Chuck et examine sa jambe. Son regard perçant pénètre celui du blessé.

— Vous n'êtes pas celui que vous prétendez être, chuchote-t-elle.

— Je suis qui, d'abord ?

Malgré sa façade d'arrogance, Chuck est visiblement décontenancé, troublé même. Sans répondre, Suzanne sort un sac en cuir de sa poche, l'ouvre et éparpille doucement du sable sur la jambe du blessé.

— Mais, qu'est-ce que vous faites ?

— Vous vous sentez mieux ?

– Euh… oui. J'ai plus mal.

Je me tourne vers Fleur en même temps que David.

– Je vous l'avais bien dit.

Je commence moi aussi à me demander si les sables ont des pouvoirs.

– *Megwich*, prononce Chuck à l'intention de Suzanne.

– Il n'est jamais trop tard pour bien faire.

– Comment avez-vous su que nous n'étions pas de vrais otages ?

Danika fournit la réponse à ma question.

– On savait que David était incapable de faire ça, surtout pas à vous. En plus, je vous ai vus danser juste avant le coup de feu.

Ma mère et David rougissent.

– Danika et moi nous sommes cachées dans les bois et avons tout vu, précise Suzanne.

– Vous avez regardé les nouvelles à la télé ? demande Danika.

– Non. On a écouté la radio alimentée par une pile solaire. Pour la télé, il faudrait pédaler.

Ma réponse déroute Danika. Alors, je lui explique comment on produit l'électricité qu'on ménage depuis le début de la prise d'otages. Je lui montre le vélo stationnaire.

– Vas-y, me suggère-t-elle. Ça vaut la peine de voir les reportages de Roxanne Charpentier.

Je me mets à pédaler tandis que David branche le téléviseur au bloc alimentaire et syntonise le poste local.

La voix de Roxanne remplit la pièce. L'image la montre juste devant le feu du camp de soutien et, en dessous, les gros titres annoncent « EN DIRECT DE LA PRISE D'OTAGES DE RIVIÈRE-AHMIC ».

« La police vient de nous apprendre que Chuck Desroches, gérant de la compagnie Ontario Forestry, s'est blessé dans un piège à mâchoires en tentant de s'approcher du chalet. Il s'y retrouve maintenant avec les deux autres otages de David Leblanc. Nous ignorons pour l'instant la gravité de ses blessures. »

— J'ai la jambe cassée ! se plaint le principal intéressé.

— Tais-toi, ordonne Fleur.

« Avec un troisième otage d'impliqué, poursuit la journaliste, on craint une détérioration de la situation. Des renforts, dont une escouade tactique, seraient en route pour prendre la relève des policiers. »

La prise de vue change pour faire voir un présentateur assis à un bureau.

« La police a révélé que David Leblanc a un casier judiciaire, n'est-ce pas Roxanne ? »

La journaliste réapparaît à l'écran.

« En effet, dans les années 1990, David Leblanc a fait de la prison pour cloutage d'arbres en Colombie-Britannique.

— Et qu'avez-vous appris, Roxanne, au sujet des études d'impact environnemental menées dans la région de Rivière-Ahmic ?

— Voilà. Les études effectuées par la firme Envirotech l'an dernier avaient pour but de déterminer si exploiter la forêt autour des dunes causerait des torts irréparables à l'écosystème du secteur. La conclusion du rapport était un simple non. Mais les opposants à l'exploitation forestière n'ont jamais accepté ce résultat. Ils prétendent que cette étude, qui n'a pas été rendue publique, a été trop sommaire et a passé sous silence la flore et la faune rares qu'on retrouve dans la région, dont le chardon de Pitcher, une plante protégée par la Loi sur les espèces en voie de disparition. »

– C'est ma plante ! s'écrie Danika.

« Qu'est-ce que la compagnie OntFor répond à ces allégations ? demande la voix du présentateur.

– Les responsables d'OntFor ont refusé de nous parler. Par ailleurs, nous avons essayé de joindre Yvon Martel, l'auteur de l'étude en question, mais il a pris sa retraite et habite à l'étranger, dans une île des Caraïbes.

– Roxanne Charpentier, merci pour ces informations de dernière heure.

– Je vous en prie. »

J'arrête de pédaler et le téléviseur s'éteint. Le silence dure un bon moment, car, comme moi, chacun doit se demander ce qui va se passer maintenant.

CHAPITRE 22

Je me mets à craindre qu'il s'en serve

— Je vais te dire quoi faire pour soigner le blessé, dit enfin Suzanne à Fleur.

Tandis que les deux femmes se consultent, j'en profite pour avoir un tête-à-tête-avec Danika.

— C'est toi qui as parlé du chardon de Pitcher à la journaliste ?

— Oui. Ma grand-mère a capoté quand elle a vu mes photos.

— Alors, ma chute dans les dunes aura au moins servi à quelque chose.

— Grâce à toi, j'ai découvert le *mazaanaatig*. Ça peut tout changer parce que c'est une plante protégée.

— Donc, OntFor ne devrait pas avoir le droit de ruiner cette zone écologique si elle contient une plante rare ?

— Justement. Et si l'existence du chardon de Pitcher n'était pas mentionnée dans le rapport d'Envirotech...

— C'est une indication que l'étude n'a pas été bien faite.

Danika m'embrasse sur la joue et me prend la main. La chaleur de ses doigts me fait fondre.

– Votre coup de théâtre pour sauver les dunes est vraiment héroïque. Je pensais que tu ne m'avais pas rappelée parce tu tenais pas à me revoir.

– Tout s'est décidé rapidement. J'ai été dépassé par les évènements. J'ai bien hâte que ça finisse.

Suzanne appelle Danika pour partir. Avant de nous laisser, elle tente de nous rassurer.

– Si on voit que la police décide d'attaquer, Danika et moi interviendrons pour leur dire la vérité.

Nous les regardons passer de nouveau par la porte arrière. Si la situation se corse, cette solution de dernier recours va-t-elle nous sauver ? La police va-t-elle les croire ? Une tension palpable s'installe.

– Ça va mal finir, Fleur. Toi et Alex, vous devriez sortir d'ici avant qu'il soit trop tard.

– Il est déjà trop tard, Chuck, laisse tomber sèchement ma mère après quelques secondes de réflexion. Je vais te faire une tisane avec les herbes de Suzanne.

Tandis qu'elle fait bouillir l'eau, ma mère fredonne. David me suggère de faire le guet près d'une fenêtre pour surveiller les mouvements de la police.

Quand ma mère revient et tend une tasse à Chuck, il la remercie et ajoute :

– C'est bien beau ce que tu chantais, Fleur.

– Une nouvelle composition. Depuis que je suis ici, j'ai plein de musiques en dedans de moi.

Sans quitter ma position à la fenêtre trouée, je renchéris :

– Moi aussi. Quand j'entends les tambours, je me sens interpellé par le rythme.

— Mon sang indien a dû sauter une génération, note ma mère en riant. Mon fils est plus autochtone que moi.

— Au moins, cette crise m'a permis de te revoir, dit Chuck. J'espère que ça ne sera pas la dernière fois.

Je vois ma mère rougir.

— Comment t'es-tu laissée entraîner dans cette galère, Fleur ?

— Je n'ai pas été entraînée, rétorque ma mère. Je me suis portée volontaire. En fait, c'était mon idée.

— Mais c'est fou. Ça ne peut pas marcher.

— L'Esprit des sables m'a sauvée. Il peut te sauver toi aussi. T'as entendu Suzanne. C'est à ton tour de défendre les dunes.

— Même si je voulais, je pourrais rien faire. J'ai pas ce pouvoir.

— Tu peux au moins dire la vérité, intervient David sur un ton tranchant. OntFor a soudoyé la firme pour que la conclusion de l'étude d'impact soit en sa faveur.

— C'est vrai ? demande Fleur.

Chuck se détourne de ma mère et lève les bras d'impuissance.

— C'est bien compliqué et…

— Trudeau téléphone.

Je viens de voir le policier composer un numéro. L'appareil de David sonne et il met le haut-parleur.

— Écoute David, on a intérêt, tous les deux, à régler ceci au plus sacrant.

— J'attends une proposition du gouvernement.

Même de loin, je peux discerner l'exaspération sur le visage de Trudeau.

— Il y en aura pas ! Les gars de l'unité spéciale s'en viennent et ils auront des ordres. J'ai fait tout ce que j'ai pu. Quand les autres prendront les opérations en main, tu verras que...

David raccroche. La détresse, le désarroi, le découragement, toute une gamme d'émotions aussi sombres les unes que les autres, se succèdent dans son regard. Il doit avoir envie de tout lâcher. Et c'est vrai que, maintenant, peu importe la suite, il est sûr d'écoper. Je ne sais plus quoi lui dire, ma mère non plus. Seul Chuck se risque à parler.

— David, écoute, on...

— Ta gueule toi!

David prend le fusil qu'il avait laissé négligemment appuyé contre le mur. Je me mets à craindre qu'il s'en serve.

CHAPITRE 23

Des policiers qui mettront fin coûte que coûte à cette prise d'otages

— David, tu devrais t'asseoir.

L'homme, qui tourne en rond comme un lion en cage depuis près de deux heures maintenant, dévisage ma mère. Il tient toujours sa carabine.

— On est foutus !

— Tiens, bois un peu de tisane. Ça va te calmer.

David se laisse tomber dans le fauteuil en face du sofa où dort Chuck.

— Si je pouvais juste m'endormir, comme lui...

Depuis deux jours, David a à peine fermé l'œil. La nuit, nous faisons le guet à tour de rôle, mais c'est surtout lui qui a veillé. L'angoisse conjuguée au manque de sommeil lui a mis les nerfs à fleur de peau.

À la fenêtre fracassée par une balle, je surveille toujours les manœuvres des policiers. Tout est au beau fixe. Savoir que Danika et sa grand-mère sont dissimulées dans les parages et gardent un œil bienveillant sur nous me rassure.

— Soit Trudeau va se rendre compte qu'on lui joue la comédie et nous forcer la main, soit les bœufs vont donner l'assaut. D'une manière ou d'une autre, je vais aboutir en taule… ou avec une balle dans la tête.

— Non, Suzanne et Danika nous sauveront. Puis après, quand la vérité sera connue, l'opinion publique sera de notre côté.

Je ne sais pas si je crois vraiment ce que je viens de dire. À voir leurs mines déconfites, il est évident que ni David ni ma mère n'en sont convaincus. David ingurgite bruyamment de la tisane.

— Toi et Alex, vous devriez partir. Si Chuck reste, je peux peut-être encore négocier…

— Pas question, coupe ma mère. On s'est engagés à rester à tes côtés jusqu'au bout. Enfin, je parle pour moi. Toi, Alex, tu devrais y aller.

Les yeux de Fleur et de David se posent sur moi. Je dois reconnaître que mon premier instinct, c'est de dire oui. Je brûle de retrouver ma liberté et Danika.

— Non, on va finir cette histoire de fous ensemble.

Je ne laisserai pas tomber ma mère, surtout pas dans une situation si dangereuse. Elle me prend dans ses bras. L'émotion me transporte aux jours après la mort de mon père et à ce moment où, petit garçon de douze ans, je jurais de prendre soin d'elle. On ne peut pas dire que j'aie tenu parole.

— Il y a une autre solution.

La voix de Chuck nous surprend. Il ne devait pas dormir très dur.

— Laquelle ? demande David, sans masquer le scepticisme dans sa voix.

— Laisse-moi téléphoner.

— Pourquoi je te ferais confiance ?

Les deux hommes se détaillent comme deux faucons prêts à s'entredévorer.

— L'Esprit des sables lui a parlé.

L'explication de ma mère ne rassure pas David pour autant.

— Disons que Suzanne est une bonne guérisseuse, nuance Chuck. Puis, tout le monde sera perdant si cette histoire s'achève dans un bain de sang.

— Tu veux appeler qui ?

— Mon patron.

— Pour lui dire quoi ?

— Ça va dépendre de sa réaction, s'impatiente Chuck.

David hésite encore, mais finit par extirper le téléphone de Chuck de sa poche.

— D'accord. Tu mets le haut-parleur pour qu'on puisse entendre.

Chuck accepte l'appareil que lui tend David et se met à pianoter. Après trois sonneries, ça décroche.

— Chuck ! Qu'est-ce qui se passe ? Es-tu sain et sauf ?

La voix autoritaire et courroucée est bien celle d'un P.D.G.

— Monsieur Cunel, commence Chuck, vous m'avez dit que vous préfériez ne pas savoir la vérité au sujet de notre projet à Rivière-Ahmic. Bien, la situation m'oblige à vous la révéler quand même.

— Fais bien attention à ce que tu vas me dire, Chuck.

— Je vous suggère d'en faire autant, monsieur Cunel.

Pendant quinze minutes, nous écoutons une conversation sidérante. J'en oublie que je suis barricadé dans une maison cernée par des policiers qui mettront fin coûte que coûte à cette prise d'otages.

CHAPITRE 24

Une éternité

La journée passée dans l'attente a été longue. Quand, enfin, mes oreilles captent le bruit anticipé, je suis soulagé. J'annonce aux autres :

— Un hélicoptère !

Dehors, Trudeau lève les yeux vers le ciel. Son allure nerveuse suggère qu'il s'attend à voir les membres de l'escouade tactique. Une belle surprise l'attend.

Le mouvement des têtes des policiers me renseigne sur la trajectoire de l'hélicoptère qui atterrit tout près du chalet.

— Maintenant, le troisième acte peut commencer, déclare Chuck. As-tu déchargé ton arme ?

— Pas besoin, répond David. Depuis l'accident du coup de feu, elle est vide. Je ne pensais même pas que le fusil était chargé quand je l'ai sorti de l'armoire.

En entendant le brouhaha qui provient du dehors, je m'écrie joyeusement :

— Ils arrivent !

Ma mère et David s'approchent pour voir. Des agents escortent jusqu'à Trudeau deux hommes d'âge mûr, l'un en costume et l'autre en uniforme de policier haut gradé. Je remarque tout de suite les courbettes de notre flic préféré devant eux. Paquette lui apporte un mégaphone qu'il place devant la bouche de l'homme cravaté.

– David Leblanc, je suis Philippe Cunel, président-directeur général de la compagnie Ont-For. Vous m'entendez ?

David nous fait signe de nous éloigner de la porte. Il l'entrouvre lentement avant de crier :

– Oui, je vous écoute.

Un silence s'ensuit. On dirait que Cunel cherche ses mots, du moins les meilleurs pour traduire sa pensée, ou bien qu'il revoit dans sa tête son discours mémorisé.

– Monsieur Leblanc, ce que vous avez fait est répréhensible et inexcusable.

David pâlit. Ma mère se tourne vers Chuck qui affiche un air penaud.

– Néanmoins, Ontario Forestry demeure de bonne foi. Nous vous supplions de relâcher vos otages. La situation a changé. Nous avons décidé de renoncer à l'exploitation de la forêt qui englobe les dunes. Nous reconnaissons que ce secteur renferme une zone écologique unique qui doit être conservée.

Le sang revient au visage de David et je fais le V de la victoire avec mes doigts.

– Nous avons gagné ! s'exclame Fleur.

– Sortez avec vos otages, monsieur Leblanc.

– Je veux d'abord que la journaliste Roxanne Charpentier et Paul Copecog du Comité de défense de l'Esprit des sables entendent ce que vous venez de dire. Demandez à Trudeau d'aller les chercher au camp de soutien. Il vous aurait pas laissé utiliser son machin si votre voix portait jusque-là.

— Qu'est-ce que tu fais ? ronchonne Chuck. On n'avait pas parlé de ça.

— Je ne vais pas croire ton *boss* sur parole, répond David. Je veux avoir des témoins plus fiables que la police.

Du côté de Cunel et des policiers, on s'échange des regards confus. L'officier grisonnant qui a accompagné Cunel prend le mégaphone.

— Monsieur Leblanc, je suis Antonio Pallidini, chef de la Police provinciale de l'Ontario. Je vous donne ma parole que ce que monsieur Cunel vient de vous annoncer est vrai.

— Alors, faites venir les deux personnes que j'ai nommées pour qu'elles entendent cette bonne nouvelle elles aussi.

Palladini et Cunel confèrent alors avec Trudeau qui gesticule vers l'entrée de la pourvoirie. Leur langage corporel trahit leur extrême mécontentement. Finalement, Trudeau empoigne le mégaphone.

— David, on va aller voir s'ils sont là.

— Combien de temps qu'on leur donne ?

David répond à ma question par un haussement des épaules.

— Qu'est-ce qu'on fait s'ils disent que Paul et Roxanne sont pas là ?

La question de ma mère est encore plus pertinente que la mienne. J'ai une inspiration.

— Alors tu pourras demander à Suzanne et à Danika de se montrer. Elles sont cachées juste là. La police ne pourra pas dire qu'elles sont introuvables si elles sortent de leur cachette juste devant eux.

— T'es vraiment futé ! me félicite David. Je vais leur dire qu'ils ont dix minutes. Si ça marche pas, on demande les deux autres.

Notre faux ravisseur s'exécute et le compte à rebours commence. Or, dix minutes quand t'es entouré de policiers le doigt sur la gâchette, c'est une éternité.

CHAPITRE 25

C'est David qui risque de payer le plus

Le décompte atteint neuf minutes et trente-trois secondes, quand nous entendons Trudeau déclarer au mégaphone :

— Roxanne et Paul sont là. Monsieur Cunel vient de les mettre au courant de la décision d'OntFor.

Nous poussons un soupir de soulagement collectif tandis que Trudeau poursuit :

— Alors, tu peux...

— Je veux entendre Roxanne me le confirmer, l'interrompt David.

— Tu fais vraiment confiance à personne, s'exaspère Chuck.

— Certainement pas à des croches comme toi !

— Calmez-vous, intervient ma mère.

La voix amplifiée de Roxanne nous ramène à la négociation en cours.

— David, je confirme la déclaration de monsieur Cunel : OntFor ne fera plus de coupes dans le secteur comprenant les dunes, car elle reconnaît l'existence d'une zone écologique qui doit être protégée.

– Content ? demande Chuck. Alors maintenant on fait comme convenu ?

Fleur et moi approuvons d'un signe de tête et David vient vers nous.

– D'accord. Nous allons sortir. Vous d'abord et moi après.

Je me rends aux côtés de Chuck pour l'aider à se mettre debout et à s'appuyer contre moi.

– Aïe ! ça fait mal.

– Merci pour tout, murmure David à Fleur qui, les larmes aux yeux, lui donne un gros câlin.

– On te laissera pas tomber, David.

Elle passe à l'extérieur. Deux agents se précipitent pour l'entraîner vers la voiture de police, où Trudeau laisse sans doute échapper un soupir de soulagement.

– À votre tour, dit David en gesticulant pour que j'avance avec Chuck.

Je lève le pouce en signe d'approbation. Centimètre par centimètre, je traîne Chuck dehors. Il est pesant, l'animal !

Deux policiers volent à notre rescousse pour nous éloigner du chalet. Je me retourne. La porte de L'écho vert est toujours grande ouverte, mais David ne se manifeste pas. Je commence à m'inquiéter.

– Sors, David ! supplie ma mère, incapable de se retenir une seconde de plus.

Les policiers s'agitent et Trudeau aspire une grande bouffée d'air en consultant son chef du regard.

– S'il ne veut pas sortir en nous montrant qu'il est désarmé, il va falloir aller le chercher pour l'arrêter, déclare Pallidini.

Vont-ils investir la maison, prêts à tirer ?

Je remarque alors le cadreur de Roxanne Charpentier, caméra à l'épaule, qui filme la scène. Un silence oppressant pend dans l'air. Qu'est-ce qu'il fout, David ?

Enfin, une silhouette, les bras levés, traverse le seuil de la porte.

— Je ne suis pas armé ! crie David.

Par contre, les policiers le sont toujours et leurs fusils sont tous braqués sur lui. Quatre agents s'élancent, le bousculent et le clouent au sol pour lui passer les menottes. J'entends Trudeau émettre un autre soupir. Des policiers pénètrent dans le chalet. Roxanne, micro à la main, se rue vers Chuck.

— Monsieur Desroches, comment avez-vous vécu votre expérience d'otage ?

Chuck étale un large sourire.

— Je n'ai jamais été un otage. Je suis rentré dans L'écho vert de mon plein gré et je n'étais sous aucune contrainte d'y rester.

Au moins Chuck a tenu parole. Rapidement, je renchéris sur sa déclaration.

— Ni moi ni ma mère n'étions des otages. Nous appuyons la cause de David Leblanc et nous nous réjouissons que la compagnie ait...

Paquette me coupe la parole tout en posant une main ferme sur mon épaule.

— Il y aura un point de presse tout à l'heure.

Deux agents expulsent Roxanne et Jeff des lieux tandis que Paquette amène Chuck et moi au véhicule où ma mère occupe la banquette arrière. De toute évidence, la police ne veut pas qu'on s'entretienne avec les journalistes avant de nous avoir interrogés pour ensuite décider de notre sort. Ils doivent être déconcertés et même fâchés d'avoir été dupés.

Juste avant de monter dans la voiture, je vois, d'un côté, les policiers placer David sans façon dans une fourgonnette et, de l'autre, le chef Palladini donner une tape sur l'épaule de Trudeau. Ce dernier, visiblement extatique, doit jubiler que la crise se termine sans effusion de sang. Il se dirige vers l'auto où nous sommes et, à travers la portière ouverte, nous lance :

— On va vous emmener au poste.

— David ne nous a jamais menacés, affirme ma mère. Et je pense que vous le saviez. Et maintenant, nous sommes vos prisonniers ?

— On va démêler tout ça tout à l'heure, répond le policier en faisant claquer la portière.

La voiture démarre et je m'aventure à demander :

— Qu'est-ce qui va nous arriver ?

— On ne pourra pas accuser David d'avoir pris des otages. Pour le reste, on verra bien. Je pense qu'on va tous avoir besoin d'un bon avocat.

Je pose la même question à Chuck qui, pour toute réponse, hausse les épaules. Lui sait qu'il ne sera pas inquiété par la justice.

La voiture passe près d'un feu de camp où j'aperçois Danika et sa grand-mère, parmi une dizaine de gens qui dansent en lançant des cris de joie.

Nous avons peut-être gagné, mais cette victoire pourrait avoir un coût élevé. Et c'est David qui risque de payer le plus.

ÉPILOGUE

Danika

Je prends la main chaude et réconfortante d'Alex dans la mienne. Nous contemplons la rue déserte devant la prison depuis une vingtaine de minutes.

— Tu aurais dû le prévenir.

— Oh non ! La surprise va lui faire encore plus plaisir.

Je n'en suis pas convaincue. J'essaye de m'imaginer ce qui se passe de l'autre côté de ces murs sinistres. Celui qu'on attend doit avancer à travers un dédale de corridors sombres. Peut-être a-t-il déjà complété les formalités de sortie, repris ses maigres possessions pour se trouver maintenant face à la dernière grille, celle qui donne sur l'extérieur, la liberté et le reste de sa vie.

Soudain, la porte s'ouvre.

— Le voilà ! s'exclame Alex en faisant démarrer la voiture électrique.

La silhouette se dirige vers un arrêt d'autobus. Alex embraye et l'automobile prend de la vitesse, traverse la rue silencieusement et fonce vers le prisonnier libéré. Il freine quelques centimètres devant lui et baisse la fenêtre.

— Salut, David. Ton carrosse t'attend. Monte.

L'interpellé reste bouche bée, mais finit par sourire. J'ouvre la portière et je descends l'embrasser.

— Je vais aller en arrière. Installe-toi en avant.

À sa manière de me détailler, je soupçonne que j'ai bien mûri en plus d'un an. De mon côté, je trouve que les mois d'incarcération l'ont fait vieillir. Il a perdu des cheveux et ses rides se sont un peu creusées.

— Danika Copegog, t'es encore plus ravissante qu'avant, déclare-t-il.

J'accepte le compliment et je prends son sac pour le glisser sur la banquette arrière de la Chevrolet Volt. David se tire de sa stupeur pour monter à côté du chauffeur.

— Je ne pensais pas que tu viendrais.

— On n'allait pas rater ça. C'est pas tous les jours qu'on peut cueillir un ami à sa sortie de prison.

La voiture repart et Alex me fait un bisou dans le rétroviseur.

— Vous deux, vous n'êtes plus juste des amis...

— Ça paraît tant que ça ? demande Alex tandis que je pouffe de rire.

Alex lui a appris que nous étudions à la même université, lui en génie environnemental et moi en droit. Toutefois, il ignore que nous vivons ensemble depuis six mois. Donc je confirme ce qu'il a déjà deviné.

— Tu sais, Alex, tes lettres et tes visites m'ont beaucoup aidé à ne pas virer complètement fou.

— Ma mère serait venue, seulement...

— Je sais, avec le nouvel élan de sa carrière, son temps est compté.

— Laisse Danika voir l'album, propose Alex.

David hésite quelques secondes, mais finalement il me dit d'ouvrir son sac de voyage et d'en retirer un livre cartonné que je me mets à examiner.

— En fait, c'est vraiment celui de Fleur, affirme David. Tout à l'heure, je l'ai feuilleté pour la millionième fois. Il contient 213 articles que j'ai découpés dans les journaux.

Mes yeux parcourent rapidement les titres :

Fleur Monague retourne sur la scène après une longue absence;

Fleur Sauvage, un disque et un retour en force;

Une grande tournée européenne pour la chanteuse autochtone...

— Lire et relire ces titres a égayé mes 438 jours monotones et m'a aidé à oublier un peu le décor hideux de ma cellule.

Malgré les témoignages de Fleur, d'Alex et même de Chuck Desroches, et en dépit d'une brillante plaidoirie de la talentueuse avocate payée par le Fonds de défense de l'environnement du Sierra Club, David a écopé d'une peine de prison. L'accusation de prise d'otages a été abandonnée par le procureur de la couronne, mais il a été poursuivi pour méfait public, menace contre des agents de police et utilisation négligente d'une arme à feu. Toutes les lettres de sympathie que l'inculpé a reçues et même la presse favorable n'ont pas pu faire fléchir le juge qui s'en est tenu à appliquer la loi en considérant les antécédents judiciaires du coupable.

— Notre combat pour l'Esprit des sables a quand même été un triomphe, poursuit David. Les dunes ont été sauvées et Fleur s'est remise à composer des chansons. En plus, toute la publicité générée par l'affaire l'a aidée à relancer sa carrière.

Malgré leur complicité avec David, Fleur et Alex s'en sont tirés à bon compte. Grâce aux pressions exercées par OntFor, qui a voulu éviter que la notoriété de Fleur ne lui attire d'autre mauvaise publicité, la Couronne n'a pas porté d'accusations contre eux. David a suffi comme bouc émissaire.

La voix de l'ex-détenu vibre d'émotion.

— Pendant que moi j'ai croupi en prison, ta mère a renoué avec son métier et son public. Je suis content pour elle. Ce qui m'est arrivé n'est pas de sa faute. J'ai trouvé ça dur, mais j'ai pas de regrets. J'aimerais juste pouvoir faire comme Fleur et me reprendre en main. J'ai besoin de refaire ma vie, mais j'ignore par où commencer.

Alex essaye de détendre l'atmosphère.

— Belle voiture électrique, hein ?

— Ouais, reconnaît David pour jouer le jeu. Qu'est-ce qui est arrivé à la Yaris ?

— Morte de sa belle mort. Maintenant que Fleur a un peu plus de moyens, elle s'est payé une voiture écolo.

Juste avant de refermer l'album, mes yeux tombent sur le dernier article : « Une promotion pour l'officier Jean Trudeau ». Sur la photo qui accompagne le texte, en uniforme d'officier et l'air triomphant, il serre la main de son chef, Antonio Pallidini. Cet article-là n'a pas dû égayer David ; au contraire. J'ai beaucoup repensé à la crise et je suis arrivée à la conclusion que Trudeau s'en est servi à ses propres fins. Même s'il a dû s'apercevoir qu'il ne s'agissait pas d'une véritable prise d'otages, il a cherché à faire durer l'impasse aussi longtemps que possible.

Sa stratégie aura réussi : il a récolté une promotion et David, une peine de prison. Voilà la justice, celle que je vais combattre quand je serai avocate.

Nous roulons depuis quinze minutes quand David nous pose enfin la question que nous anticipons depuis un bon moment.

– Où m'emmenez-vous ?

– Voyons, David, chez toi.

Il ne me croit pas.

– Comment ça ? Avec mes dettes et la saisie de la banque, je n'en possède plus, de chez moi.

*   *

*

BIENVENUE À RIVIÈRE-AHMIC
OÙ L'ESPRIT DES SABLES VOUS ACCUEILLE

Voilà le premier changement que David remarque à l'entrée de Rivière-Ahmic. Le vieux panneau décrépit a été remplacé par cette enseigne éclatante et un nouveau message.

– C'est pour les touristes, ça ?

Sa question nous fait rire. Tandis que nous remontons la rue Principale, j'avance la tête entre les deux sièges pour prévenir David :

– Tu vas voir, c'est pas la seule chose qui a changé.

Ses yeux écarquillés et son expression heureuse dénotent qu'il est ému de retrouver sa communauté. Cependant, son regard se durcit au moment où nous passons devant les locaux d'Ont-For aux fenêtres recouvertes de planches. Tout de suite après, en voyant la porte condamnée de la quincaillerie Brunelle, il s'agite.

– Jean-Claude a fermé ses portes ?

Je sens l'inquiétude dans sa voix. J'aimerais pouvoir le ménager, mais, de toute façon, la réalité ne se cache pas.

– Oui, lui et d'autres sont partis juste après OntFor.

– Il doit y avoir bien du monde qui m'ont de travers.

– Juste quelques-uns, souligne Alex, ceux qui espéraient profiter du boom économique temporaire.

La Volt s'arrête pour laisser un piéton, mon oncle Fred, le père de mon cousin Ronnie, traverser la rue. Sans doute David le reconnaît-il, car il a le réflexe de se cacher le visage. Je tente de le rassurer.

– Même d'anciens bûcherons comme lui ont fini par comprendre que nous avons une autre sorte de richesse, ici. Le gouvernement provincial a commandé de nouvelles études qui ont répertorié d'autres espèces rares autour des dunes. Tout le secteur est désigné zone protégée maintenant.

– Il reste qu'on ne peut pas dire que l'économie se porte bien, convient Alex. Mais je suis convaincu que les gens vont survivre. Même si ça signifie accepter la simplicité forcée.

David semble se perdre dans ses pensées, sans doute des idées noires. Il reste silencieux jusqu'à ce que la Volt s'immobilise dans un stationnement rempli de voitures. Un panneau tout neuf indique que nous sommes au parc David-Leblanc. Nous descendons de l'auto et je prends David par le bras.

– Celui-là, il n'est pas pour les touristes, mais pour toi.

Il a de la difficulté à avancer, car ses yeux sont embués de larmes. Ma grand-mère, mon oncle Paul et plein d'autres alliés de David l'applaudissent comme un héros.

— Bienvenue, David.

Des hommes et des femmes lui font des câlins.

— La vedette du spectacle vient d'arriver. Mesdames et Messieurs, David Leblanc !

Il se tourne vers la voix familière provenant d'une estrade à l'autre bout du parc où Fleur Monague, debout devant un micro, se met à applaudir. La chanteuse a toute une présence. Contrairement à la dernière fois, Fleur n'est plus accoutrée en princesse autochtone. Vêtue d'une ample blouse et d'une robe à motifs fleuris, elle porte une plume de faucon pèlerin dans les cheveux. Pas de guitare, un simple tambour autochtone dans les mains. Derrière elle, au fond de la scène, sur une énorme banderole, on peut lire deux messages, d'abord « FLEUR SAUVAGE » et, juste en dessous, « RIVIÈRE-AHMIC TE REMERCIE DAVID ».

Alex invite le héros du jour, qui n'a d'yeux que pour Fleur, à traverser une haie d'honneur pour aller la rejoindre. Soudain, un homme aux cheveux longs sort de la foule en claudiquant pour tendre la main à celui qu'on honore.

— Je suis content de te revoir.

Alex, se rendant compte que David ne reconnaît pas son interlocuteur, vient à sa rescousse.

— Chuck a changé et pas à peu près, hein ?

Le sang quitte le visage de David.

— J'ai pas juste changé de look, mais aussi de job.

— Oui, Chuck est le directeur d'une entreprise de reboisement, renchérit Alex. Il est devenu un vrai planteur d'arbres.

David fixe toujours la main devant lui d'un regard qui laisse deviner son embêtement entre la serrer ou la mordre.

— Allez, David, on peut enterrer la hache de guerre. On est du même bord maintenant.

— T'as toujours su comment te ranger du côté des gagnants.

Le sarcasme fait sourire sa cible. David finit par prendre la main tendue et, pointant du doigt la jambe de Chuck, il lui demande :

— Ta blessure ne s'est pas guérie ?

— Non. Malgré trois opérations.

— C'est un rappel de l'Esprit des sables pour t'encourager à rester dans le droit chemin.

Mon commentaire fait rire tout le monde.

— En tout cas, David, si jamais tu cherches du travail, notre entreprise aurait sûrement une place pour toi.

— Faire la paix avec toi, Chuck, c'est un pas que je peux faire. Mais travailler pour toi ? Il faudrait que je sois vraiment désespéré.

Sur ce, David reprend sa marche vers l'estrade. Je l'entends marmonner pour lui-même.

— À bien y penser, peut-être que je le suis.

Notre héros met beaucoup de temps à se rendre aux côtés de Fleur qui le prend dans ses bras. Visiblement en extase, il prolonge l'étreinte aussi longtemps que possible. Fleur finit par retourner au micro.

— David, nous sommes tous là aujourd'hui, moi la première, pour te rendre hommage pour le sauvetage de l'Esprit des sables et de la forêt.

La foule approuve bruyamment et la chanteuse l'invite à prendre la parole. Il tremble, sans doute de bonheur et d'émotion. Devant le micro, il parvient tout juste à articuler *megwich* et à faire un signe de victoire avec sa main droite.

Fleur vient le tirer de son embarras.

– C'est nous qui te disons *megwich*, David. Moi, je tiens aussi à remercier les gens de Rivière-Ahmic et d'ailleurs, c'est-à-dire des milliers d'individus, pour avoir fait des dons et sauvé L'écho vert qui, grâce à eux, demeure toujours ta maison.

David fond en larmes tandis qu'une nouvelle salve d'applaudissements éclate. Je me sens un peu cruelle de ne pas lui avoir appris qu'il n'avait pas perdu son bout de paradis. Encore une fois, Alex avait insisté pour qu'on garde la surprise.

Quelques secondes après, Fleur reprend la parole.

– L'Esprit des sables, ainsi que la lutte courageuse que vous avez menée pour le protéger, m'ont aidée à retrouver ma voix et ma musique. Les dunes m'ont donné cette chanson, *Otages de la nature*, que je dédie à David et à vous tous. Du fond de mon cœur, *megwich* !

Fleur se lance dans sa chanson en battant son tambour. David se retire pour venir occuper la place qu'Alex lui indique, entre nous au premier rang. Le silence se fait et tous les yeux et les oreilles se concentrent sur Fleur, son tambour et sa voix. Je reconnais l'air, celui qu'elle avait commencé à fredonner dans le canot après notre visite aux dunes. Maintenant, elle le chante avec force, passion et confiance. Elle ne cherche plus sa mélodie, elle l'incarne comme son chant personnel. Alex, David, moi, enfin tout le monde, sommes transportés par l'incantation de cette Fleur sauvage exquise.

Alex pose sa main sur l'épaule de David. Après ce concert, nous irons le reconduire à son Écho vert. Dès demain à l'aube, nous y retournerons pour aller aux dunes en canot afin de remercier l'Esprit des sables.

Après, Alex et moi assisterons à un *pow-wow*. Mon amoureux m'a aidée à apprivoiser la ville et le choc de l'expérience urbaine. Maintenant, à mon tour, je vais être son guide au cours de son voyage de découverte de la culture de ses ancêtres et de celle des Anishnabés d'aujourd'hui.

Heureusement, il a déjà assimilé un enseignement crucial. L'environnement nous tient prisonniers, tant par sa beauté que par sa force. S'en libérer reviendrait à disparaître. Nous sommes tous des otages de la nature. Et c'est bien ainsi.

À propos de l'auteur

Daniel Marchildon a déjà coupé des arbres. Mais, ils étaient petits et morts.

Bref, il est bien plus écrivain que bûcheron. Néanmoins, il est reconnaissant envers l'industrie forestière qui lui fournit le papier sur lequel il couche ses romans, écrits d'abord à la main dans une écriture si mauvaise que lui seul peut la déchiffrer (et encore, pas toujours). Tout en demeurant sensible aux difficultés qu'affrontent les communautés où la coupe du bois représente la principale industrie, il croit à la nécessité d'assurer le développement durable et le respect de la nature dans l'exploitation de nos richesses naturelles.

Né à Penetanguishene, en Ontario, il habite toujours dans sa région natale de la Huronie, soit à Lafontaine, à 160 km au nord de Toronto.

Contrairement à plusieurs de ses personnages, il a toujours su ce qu'il voulait faire dans la vie.

Dès l'âge de 12 ans, il entreprend la rédaction d'un roman jamais terminé. Son seul regret : l'avoir brûlé. En 1983, il obtient un baccalauréat en traduction avec concentration en lettres françaises à l'Université d'Ottawa. Ensuite, il devient écrivain et rédacteur pigiste. Son œuvre compte onze romans pour jeunes et quatre, pour grand public, des ouvrages historiques et des scénarios pour la télévision et le cinéma, dont celui du long métrage, *La Sacrée*, une comédie, produit en 2011. Il a également fait paraître des nouvelles littéraires, des articles et des critiques, entre autres dans les revues *Quad9*, *Virages*, *Liaison*, *Mon mag à moi* et *Imagine*.

Les livres de l'auteur sont étudiés dans le milieu scolaire. Lors de ses rencontres avec le jeune public, il se décrit comme un lutteur qui cherche à « vaincre la paresse du lecteur » et un piètre dessinateur qui doit donc « faire de l'art visuel avec les mots ».

« Avec ou sans raison, mais toujours avec passion. » Telle est la devise qui inspire Daniel Marchildon.

Voir son site web :
https://danielmarchildonauteur.wordpress.com/

Table des matières

PARTIE I - Alex

14/18

Collection dirigée par Renée Joyal

BÉLANGER, Pierre-Luc. *24 heures de liberté*, 2013.

BÉLANGER, Pierre-Luc. *Ski, Blanche et avalanche*, 2015.

BÉLANGER, Pierre-Luc. *Disparue chez les Mayas*, 2017.

CANCIANI, Katia. *178 secondes*, 2015.

DUBOIS, Gilles. *Nanuktalva*, 2016.

FORAND, Claude. *Ainsi parle le Saigneur* (polar), 2007.

FORAND, Claude. *On fait quoi avec le cadavre ?* (nouvelles), 2009.

FORAND, Claude. *Un moine trop bavard* (polar), 2011.

FORAND, Claude. *Le député décapité* (polar), 2014.

FORAND, Claude. *Cadavres à la sauce chinoise* (polar), 2016.

LAFRAMBOISE, Michèle. *Le projet Ithuriel*, 2012.

LAROCQUE, Jean-Claude et Denis SAUVÉ. *Étienne Brûlé. Le fils de Champlain* (Tome 1), 2010.

LAROCQUE, Jean-Claude et Denis SAUVÉ. *Étienne Brûlé. Le fils des Hurons* (Tome 2), 2010.

LAROCQUE, Jean-Claude et Denis SAUVÉ. *Étienne Brûlé. Le fils sacrifié* (Tome 3), 2011.

LAROCQUE, Jean-Claude et Denis SAUVÉ. *John et le Règlement 17*, 2014.

MALLET-PARENT, Jocelyne. *Le silence de la Restigouche*, 2014.

MARCHILDON, Daniel. *La première guerre de Toronto*, 2010.

MARCHILDON, Daniel. *Otages de la nature*, 2018.

OLSEN, K.E. *Élise et Beethoven*, 2014.

PÉRIÈS, Didier. *Mystères à Natagamau. Opération Clandestino*, 2013.

PÉRIÈS, Didier. *Mystères à Natagamau. Le secret du borgne*, 2016.

RENAUD, Jean-Baptiste. *Les orphelins. Rémi et Luc-John* (Tome 1), 2014.

RENAUD, Jean-Baptiste. *Les orphelins. Rémi à la guerre* (Tome 2), 2015.

ROYER, Louise. *iPod et minijupe au 18e siècle*, 2011.

ROYER, Louise. *Culotte et redingote au 21e siècle*, 2012.

ROYER, Louise. *Bastille et dynamite*, 2015.

Imprimé sur papier Enviro^MC 100
Contient 100 % de fibres postconsommation certifiées FSC®
Certifié ÉcoLogo, Procédé sans chlore et FSC® Recyclé
Fabriqué à partir d'énergie biogaz

Carton couverture 30 % de fibres postconsommation
Certifié FSC®
Fabriqué à l'aide d'énergie renouvelable
sans chlore élémentaire, sans acide

Photographie de l'auteur : Micheline Marchand
Maquette et mise en pages : Anne-Marie Berthiaume
Révision : Frèdelin Leroux

Achevé d'imprimer en janvier 2018
sur les presses de l'Imprimerie Gauvin
Gatineau (Québec) Canada